우리나라 최초의 여성 영화감독

박남옥

역사의 책갈피에 숨어 있는 여성들의 이야기,
여성 인물 도서관에서 꺼내 읽어 보세요.

우리나라 최초의 여성 영화감독

박남옥

박지숙 글 | 에이리 그림

청어람주니어
Chungeoram Junior

| 차례 |

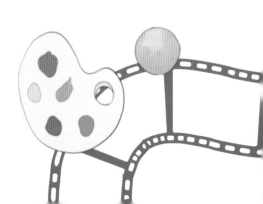

박남옥(1923~2017)

여고 시절 투포환 선수로 활동했지만 부모님의 반대로 운동을 그만둔 남옥. 하지만 좌절하지 않는 성격의 남옥은 미술 공부를 계획하고, 영화 스태프가 되고, 영화평을 쓰는 신문 기자로 일하며 자신의 꿈을 찾아 간다.

어느 날, 영화인들과 만난 남옥은 누가 새 영화를 찍어 보겠냐는 이야기에 자신이 정말 하고 싶은 게 무엇인지 깨닫는데…….

"우리나라에도 여성 감독이 한 명쯤은 있어야 하잖아요?"

전쟁이 끝나 사회가 혼란하던 시절, 전쟁미망인의 현실과 주체적인 삶에 관심을 기울였던 여성, 촬영장에서 스태프의 끼니를 챙기며 아이를 등에 업고 메가폰을 잡았던 감독.

촬영 현장을 진두지휘하며 일당백을 해낸 우리나라 최초의 여성 영화감독, 박남옥의 삶을 들여다보자.

인물 관계도와 연표

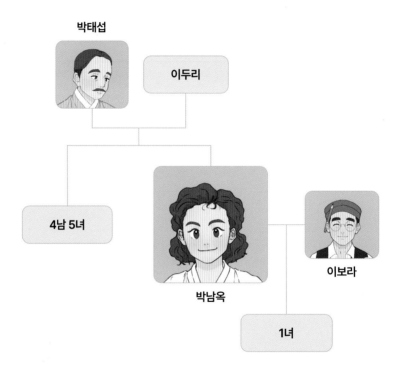

박태섭

이두리

4남 5녀

박남옥

이보라

1녀

1923년 2월	경상북도 경산군(경산시)에서 태어남.
1938년	경북공립고등여학교(경북여자고등학교) 입학 후 투포환 선수로 활동함.
1943년	이화여자전문학교(이화여자대학교) 가사과에 입학함.
1944년	《대구일일신문》 기자로 입사함.
1945년	조선영화사 광희동 촬영소에서 편집 조수로 일하다 스크립터가 되며 영화 경력을 쌓음.
1950년	6·25 전쟁 발발 이후 국방부 촬영대 뉴스 촬영반에서 활동함.
1953년 5월	극작가 이보라와 결혼함.
1954년 6월	딸이 태어남.
1954년 7월	영화 〈미망인〉 촬영을 시작함.
1955년 4월	〈미망인〉이 개봉함.
1959년	월간 영화 잡지 《씨네마 팬》을 창간함.
1997년 4월	제1회 서울여성영화제에서 〈미망인〉이 상영됨.
2017년 4월	세상을 떠남.

꿈을 던지는 투포환 선수

1938년 10월, 가을 햇살이 쨍쨍한 오후였다.

"빨리 달려!"

"더 높이, 더 힘차게 뛰어!"

"넘어졌으면 발딱 일어나! 툭툭 털고 다시 달리란 말야!"

경북공립고등여학교 운동장에는 달리기, 높이뛰기, 투포환 선수들이 구슬땀을 흘리며 운동하는 소리가 바람결에 울려 퍼졌다.

"오늘도 기록을 깨야지. 힘껏 던져 볼 테야."

남옥은 가볍게 몸을 풀고 투포환장에 들어섰다. 그러고는 묵직한 쇠공을 집어 귀밑에 댄 뒤에 온몸의 힘을 끌어모았다.

"하나, 둘, 셋!"

남옥은 거친 숨을 푸 뱉으며 팔을 쭉 뻗었다.

그 순간, 가슴속 뜨거운 불덩이가 단단한 햇덩이로 변했다. 쇠공은 거침없이 허공을 뚫고 날아갔다. 남옥은 설렜다. 마치 자신이 햇덩이가 되어 하늘로 치솟는 기분이었다.

"우아, 멀리 간다!"

구경하던 친구들이 함성을 질렀다. 남옥의 눈이 쇠공을 따라갔다. 육상부 선생님의 시선도 쇠공을 좇아갔다.

잠시 후, 포물선을 그리며 날아간 쇠공은 쿵! 둔탁한 소리를 내며 운동장에 떨어졌다. 그곳으로 친구들이 우르르 몰려갔다. 그러고는 방방 뛰며 소리쳤다.

"8미터 3!"

"선생님, 최고 기록이에요!"

"남옥이가 또 기록을 갈아 치웠어요!"

그제야 남옥은 씩 웃었다.

"네 실력이 갈수록 느는구나. 이번 조선신궁봉찬체육대회에서 우승을 노릴 만하겠어."

선생님이 흐뭇해하며 남옥의 어깨를 토닥였다.

"남옥아, 넌 못 하는 게 뭐니? 지난번엔 높이뛰기로 전국 4등까지 하더니, 이젠 투포환까지 휩쓸 거야?"

"자그마한 몸 어디서 힘이 솟지? 야무진 땅꼬마라니깐."

친구들이 달려와 남옥을 에워쌌다.

"내가 땅꼬마라고? 맘에 든다, 그 별명. 난 투포환이 좋아. 내 안의 힘이 폭발하는 느낌이거든. 물론 달리기, 높이뛰기도 좋지."

남옥이 방긋 웃으며 대꾸했다.

"그것만 좋아하냐? 넌 영화배우도 좋아하잖아."

"맞아. 영화도, 그림도, 책도 좋아. 난 재미난 건 다 좋아. 이 세상의 재미난 일은 뭐든 해 보고 싶어! 난 꿈이 아주 많거든."

남옥이 눈을 반짝였다. 세상은 신기한 것투성이였다. 남옥은 후회 없이 마음껏 그것들과 어우러지고 싶었다.

"역시 대단하다, 박남옥! 꿈 부자, 박남옥!"

친구들이 까르르 웃었다. 가을볕처럼 짱짱한 그 웃음소리에 화단의 꽃들도 벙글벙글했다.

10월 15일 낮 12시, 운동장에 사이렌 소리가 울렸다. 제14회 조선신궁봉찬체육대회가 열리는 신호였다. 경성뿐만 아니라 전국 각

지방에서 참가한 선수들이 사흘 동안 경기를 치르는 대회였다.

"우리 학교의 명예를 걸고 최선을 다하자!"

"일본 애들에겐 절대로 지지 말자!"

조선 학생과 일본 학생이 참가한 체육 대회는 그 열기가 뜨거웠다. 시합 전부터 선수들은 기 싸움이 팽팽했다.

투포환장에서도 열세 명의 선수가 웅성거리며 서로를 견제했다. 어떤 애는 "우와악!" 괴성을 질렀고, 어떤 애는 쿵쿵거리며 여기저기 휘젓고 다녔다.

좋은 경기를 하려면 다른 선수의 기선 제압에 휘둘리지 않아야 했다. 괜히 분위기에 휩쓸리거나 승부욕에 불타 감정을 조절하지 못하면 경기를 망칠 수 있었다. 남옥은 호흡을 고르면서 몸을 풀고 마음을 다스렸다. 그때 몇몇 애가 남옥을 힐끗거렸다.

"하하, 쟤 좀 봐. 쪼끄마한 애가 투포환 하나 봐."

"그러게. 저 몸집으로 힘은 제대로 쓸

수 있을까?"

자기들과 상대가 안 된다는 비웃음이었다.

'흥, 왜들 잘난 척이람!'

남옥은 다른 선수들을 둘러봤다. 죄다 몸집이 엄청났다. 조선 여자애들도 일본 여자애들도 하나같이 컸다. 원산에서 온 일본 선수 소전은 강력한 우승 후보였는데, 덩치가 거의 씨름 선수 같았다. 그에 비해 남옥은 키도 작고 몸집도 가냘팠다.

'난 나야! 저 애들이 어떻든 기죽을 필요 없어.'

남옥은 아랑곳하지 않았다. 몸집과 실력은 비례하지 않으니까 제 실력대로 하면 된다고 생각했다. 승부는 오직 자기와의 싸움일 뿐이었다.

이윽고 경기가 시작되었다. 해주에서 온 장연희가 첫 번째 선수였다. 장연희는 포환 던지는 법이 독특했다. 뱅글뱅글 돌면서 쇠공을 던졌는데 몸의 회전을 이용한 방법이었다. 8미터 31. 좋은 성적이었다.

그다음 여러 명이 던졌지만, 장연희가 세운 기록을 깨지는 못했다. 선수들의 신경전은 더욱더 불꽃을 튀겼다. 모두 긴장해 있을 때였다.

"우웩, 뭐야?"

"에잇, 퉤! 퉤!"

선수들이 비명을 질렀다. 소전이 송진 가루를 손에 묻히고는 사방에 흩뿌린 것이었다.

"으아아!"

소전은 성난 불곰처럼 괴성을 질렀다. 자기 자신에게 기운을 불어넣으면서 다른 선수들을 위협하는 으름장 같았다. 소전의 행동에 몇몇 애가 움찔했다.

'쳇, 덩치 좀 크다고 겁주는 거야? 미끄럼을 방지하려고 바르는 송진 가루를 애들에게 뿌리다니, 예의가 없네! 경기는 정정당당해야 하는데 비열한 짓으로 이기면 뭐 하냐? 그런 우승의 맛은 똥 맛이 날걸? 우웩!'

남옥은 소전을 말똥말똥 쳐다봤다. 우승 후보라고 제멋대로 구는 그 애가 유치했다.

그때 남옥과 소전의 눈이 마주쳤다. 쿵, 쿵, 쿵, 시커먼 그림자가 다가와 남옥을 덮쳤다.

'야, 넌 뭐야? 내가 겁 안 나?'

소전이 매서운 눈빛으로 쏘아봤다.

'그래, 안 난다! 난 세상에서 무서운 게 한 개도 없거든.'

남옥이 당찬 눈빛으로 되받아쳤다.

남옥의 배짱에 약이 올랐는지 소전이 "으아아!" 외쳤다. 그러고는 천천히 뒤돌아 투척장으로 들어갔다.

남옥은 소전의 몸동작을 꼼꼼히 살폈다. 잘하는 선수의 특기를 탐색하는 것은 아주 중요했다. 그 특장점을 익혀 새로운 기술을 만들 수 있고 나중에 활용할 수 있기 때문이었다. 소전은 남옥이 예상한 대로 좋은 체격과 강한 힘을 이용해 쇠공을 던졌다.

소전의 기록은 8미터 34. 장연희보다 0.03미터 앞선, 이번 대회의 최고 성적이었다.

"좋았어!"

소전이 거친 숨을 내쉬며 포효했다. 우승을 확신하는 듯했다.

이제 마지막 남은 선수는 남옥뿐이었다. 투척장 안에 들어서자 웬일인지 남옥의 심장이 날뛰었다.

'겁내지 말자. 나를 믿고 한번 해 보는 거야!'

남옥은 차분하게 호흡을 가다듬었다. 그러고는 찬찬히 쇠공을 귀밑에 대고 허리, 어깨, 팔, 손목, 다리의 힘을 한순간에 끌어모아 쇠공을 밀어냈다.

"히얍!"

날쌘 대포알처럼 쇠공이 날아갔다.

잠시 후, 하늘을 가로지르던 쇠공이 쿵! 소리와 함께 저만치 떨어졌다. 그와 동시에 남옥은 짜릿했다. 예감이 좋았다. 남옥이 기대에 차서 바라보자 심판이 큰 소리로 외쳤다.

"8미터 46!"

대회 신기록이었다. 땅꼬마 박남옥의 우승이었다.

안 돼, 절대 안 돼!

"우하하하, 신난다! 눈썰매야, 달려라. 저 달나라까지 날아라."

남옥은 여덟 살 때 대구 남욱정보통학교(초등학교)에 들어갔다. 그때부터 남옥은 동네 친구들과 노느라 매우 바빴다. 봄이면 커다란 나무에 올라가 새알을 훔쳐보고, 여름이면 높은 둑에서 냇물로 뛰어내렸다. 물속으로 풍덩! 빠지는 순간 정말 상쾌했다. 가을에는 메뚜기와 잠자리를 쫓아다녔다. 긴 양말 안에 메뚜기를 한가득 잡아서 돌아올 때면 용감한 사냥꾼이 된 것 같았다. 겨울에는 눈 쌓인 언덕에서 미끄럼을 탔다.

"나랑 달나라 옥토끼랑 뜀뛰면 누가 더 잘할까? 우리 반에서 내가 제일 잘 뛰는데."

남옥은 온종일 동네를 들쑤시고 다녔다. 팔다리가 긁히고 땀으로 꼬질꼬질해져도 상관하지 않았다. 그때마다 남옥의 어머니는 머리를 절레절레 저었다.

"남옥아, 넌 왜 사내애처럼 구니? 네가 하는 건 남자애들 놀이야."

"으응? 그럼 난 뭐 하고 놀아?"

"언니들처럼 얌전하게 놀아야지. 인형 놀이나 소꿉놀이 하면서."

남옥은 어떤 놀이든 다 재미있었지만 어머니는 자꾸만 남자 놀이, 여자 놀이를 갈랐다.

"싫어. 하고 싶은 거 할 거야. 난 신나게 놀고 싶어!"

남옥은 자기 생각을 똑 부러지게 말했다.

남옥은 뛰고 움직여야 직성이 풀리는 아이였다. 그래서 항상 바빴다. 친구들과 노느라 바쁘고, 공부하느라 바쁘고, 학급 반장을 하느라 바빴다. 가을 운동회 때는 상을 타 오느라 바쁘고, 교외 체육 대회에 학교 대표로 참가하느라 바빴다. 남옥의 집은 남옥 때문에 웃음꽃이 피었다 한숨을 쉬었다 하느라 바빴다.

"바쁘다, 바빠!"

여학교에 들어와서도 남옥은 여전히 바빴다. 그렇지만 책 읽고 그림 그릴 때는 엉덩이를 붙인 채 꼼짝하지 않았다.

하루는 남옥이 숙제하는 언니들 곁에서 잡지를 보다가 큰 소리로 외쳤다.

"언니, 우리 동네 유명한가 봐! 여기에 그림이 실렸어."

"정말? 진짜네."

남옥이 가리킨 그림을 보며 작은언니도 신기해했다. 하지만 똑똑한 큰언니가 네덜란드 화가가 그린 다른 나라 풍경화라고 알려 주었다.

남옥은 그림에서 눈을 떼지 못했다. 뭉게구름이 피어 있는 햇살 밝은 날, 쭉 뻗은 가로수 길을 보니 어느새 그곳을 걷는 느낌이었다. 실바람이 부는 기분 좋은 여름이었다. 남옥은 손을 턱에 괴고, 언젠가 언니가 했던 말을 종알거렸다.

"아주 낭만적이야!"

그날부터 남옥은 더욱더 그림에 빠져들었다. 그림은 남옥의 마음을 몽글몽글하게 해 줬다.

두 언니가 보는 잡지에는 영화배우 사진도 아주 많았다. 우리나라 배우뿐만 아니라 일본 배우, 서양 배우와 그들이 출연한 영화까지 실려 있었다.

"작은언니, 이 사람은 누구야? 영화배우야?"

"큰언니, 이 배우는 어떤 영화에 나왔어? 그 영화 재밌어?"

"영화는 어떻게 찍어? 이거 진짜 바닷속에서 찍은 거야?"

남옥은 묻고 또 물었다.

남옥은 상상의 세계가 진짜처럼 펼쳐지는 영화가 신기했다. 배우들이 다양한 역할로 변신해 연기하는 모습도 흥미로웠다. 영화 속 슬픈 장면을 보면 눈물이 흘렀고, 재미있는 장면이 나오면 웃음이 터졌다. 영화를 떠올리면 남옥의 가슴은 마치 작은 북처럼 두근두근 울렸다.

"몰라. 넌 왜 자꾸 우릴 귀찮게 하니?"

"자, 가져. 궁금하면 네가 찾아봐."

언니들은 남옥을 성가셔하면서 잡지를 본 다음 넘겨주었다. 그 덕분에 남옥은 영화배우 이름을 줄줄 꿸 수 있었고 영화에 대한 궁금증을 마음껏 풀 수 있었다.

그 후, 남옥의 영화에 대한 호기심은 곧 취미로 변했다.

"아저씨, 새 영화 포스터 왔어요?"

남옥은 동네 구멍가게에 들락거리며 영화 포스터와 영화배우 브로마이드*를 사 모았다. 남옥의 책상 앞 벽에는 최신 영화 포스터와 브로마이드가 수시로 붙었다.

어느 날이었다.

세계 무대 위에 춤추는 동양의 진주,
조선이 낳은 세계적 무용가 최승희
대구공회당에서 대망의 공연을 펼치다

광고지를 쥔 남옥은 꿈만 같았다. 일본에서 활약하는 최승희가 조선에서 순회공연을 하는데, 이번에 대구에 왔기 때문이었다.

"최승희 브로마이드 세 장 주세요. 〈장구춤〉, 〈보살춤〉, 〈승무〉로요."

극장표와 브로마이드까지 산 남옥은 서둘러 공연장 안으로 들어갔다.

공연장은 사람들로 가득했다. 그런데 어린 소녀는 남옥뿐이었다. 신문에 광고가 크게 났는데 학생들이 없는 게 이상했다. 교복을 입은 남옥은 고개를 갸웃하고는 어른들 틈에 앉아 공연을 기다렸다.

●브로마이드(Bromide) : 배우·가수·운동선수 등의 엽서 크기만 한 초상 사진

잠시 후, 캄캄한 무대 위로 불빛이 쏟아지면서 경쾌한 음악이 흘러나왔다. 그와 동시에 머리에 초립●을 쓰고 두루마기●를 입은 최승희가 튀어나왔다. 〈초립동●〉이었다.

〈초립동〉은 어린 신랑이 잔칫날 흥에 겨워 뛰노는 모습을 표현한 춤이었다. 어린 신랑으로 분장한 최승희는 노랫가락에 맞춰 자유자재로 움직였다.

"천진난만한 모양새 봐. 새색시 만날 생각에 꼬마 신랑이 싱글벙글하네."

"최승희가 생기발랄하게 잘 추는구면."

관객들도 들썩이며 어깨를 으쓱였다. 공연은 〈에헤라 노아라〉, 〈승무〉, 〈인도인의 비애〉, 〈보살춤〉 등 전통 춤과 현대 무용을 넘나들며 다채롭게 이어졌다.

남옥은 무대를 보며 완전히 넋을 잃었다. 최승희의 고아한 춤사위, 뛰어난 연기력, 매혹적인 자태가 어우러져 흠잡을 데 없이 완벽한 공연이었다.

● 초립(草笠) : 예전에, 주로 어린 나이에 상투를 튼 사람이 쓰던 갓
● 두루마기 : 우리나라 고유의 웃옷으로, 옷자락이 무릎까지 내려오며 주로 외출할 때 입음.
● 초립동(草笠童) : 초립을 쓴 사내아이, 흔히 결혼한 사내아이를 이르는 말

'무용도 영화만큼 멋진 예술이구나. 예술은 사람들에게 색다른 경험과 감동을 주는 것 같아.'

남옥의 가슴에 '예술'이라는 빛 한 톨이 강렬하게 박혔다. 어떤 분야든 아름다움을 창조하고 표현하는 일은 남옥에게 가치 있게 느껴졌다.

마침내 공연이 끝났다. 남옥은 꿈꾸듯 공연장을 빠져나왔다. 아직껏 춤사위가 눈앞에 아른거리고, 노랫가락이 귓가에 맴돌았다.

"야! 거기, 너!"

그때 누군가 갑자기 남옥을 불러 세웠다. 그러고는 다짜고짜 호통쳤다.

"왜 극장에서 나와? 학생은 극장 출입 금지라는 것, 몰라?"

귀신처럼 무섭다고 소문난 교육 주임 선생님이었다. 남옥은 어안이 벙벙했다. 처음 듣는 학교 규칙이었다. 여학교에 입학한 지 겨우 한 달밖에 안 되었기 때문이었다.

"학생은 극장에 드나들 수 없다고요?"

남옥이 되묻자, 선생님이 또다시 소리쳤다.

"학생이 그것도 몰라? 너 이름이 뭐야? 당장 이름 대!"

주임 선생님에게 이름을 적힌 남옥은 월요일 아침, 교무실로 불려 갔다.

"무얼 잘못했는지 알지? 사실대로 낱낱이 반성문 써."

선생님이 막무가내로 종이를 내밀었다. 하지만 학교 규칙을 까맣게 몰랐던 남옥은 반성문을 쓰기 싫었다. 또 극장에 가는 것이 왜 잘못된 일인지 이해할 수 없었다.

"어허, 뭐 하는 거야? 빨리 쓰지 못해!"

선생님이 사납게 윽박질렀다.

"예."

남옥은 한숨을 내쉬었다. 그런 다음 솔직한 마음을 종이에 꾹꾹 써 내려갔다.

저는 우리나라의 자랑이자, 세계적인 무용가의 춤을 직접 봤습니다. 아름다운 예술 세계를 엿보아서 손톱만큼도 후회 없고 극장에 정말 잘 갔다고 생각합니다.

"이게 반성문이야? '학교 규칙을 어겨서 죄송합니다. 잘못했습니다. 다시는 극장에 가지 않겠습니다.' 하고 싹싹 빌어도 모자랄 판에 건방진 말을 써 놓아? 당장 부모님 오시라고 해!"

반성문을 본 선생님이 길길이 날뛰었다.

다음 날, 남옥의 아버지가 학교에 왔다. 아버지는 회색 두루마기를 입고 고무신을 신은 차림새였다. 남옥은 복도에 숨어 아버지가 교무실로 들어가는 모습을 지켜봤다.

'아버지가 얼마나 당황하실까? 원래 말수가 적은 분인데, 무슨 대답을 하실까? 내가 학교에서 벌 받는 걸 알고 놀라실 텐데. 고집쟁이 딸을 지키기 위해 선생님에게 머리를 조아리시면 어쩌지?'

남옥은 애가 타서 발을 동동 굴렀다.

한참 만에 아버지가 교무실에서 나왔다.

"아버지!"

남옥은 쭈뼛쭈뼛 아버지에게 다가갔다. 자신이 제멋대로 쓴 반성문을 봤으리라 생각하니 아버지를 볼 낯이 없었다. 한편으로는 학교에서 쫓겨날까 봐 두려웠다. 하지만 자신이 잘못했다는 생각은 전혀 들지 않았다. 도대체 왜 극장에 못 가게 하는지 알 수 없었다.

아버지가 가만히 남옥을

바라봤다. 그러고는 묵직한 목소리로 말했다.

"학교생활 잘해라."

남옥은 눈물이 왈칵 쏟아질 것 같았다.

아버지의 염려 덕분인지, 다행히 남옥은 학교에서 쫓겨나지 않았다.

그 뒤부터 남옥은 학교생활을 마음껏 즐겼다. 육상부에 들어가 달리고 뛰고 던졌다. 남옥은 운동이 좋았다. 때때로 운동이 힘겨워서 그냥 주저앉고 싶기도 했지만 그때마다 할 수 있다고 스스로 용기를 북돋우며 자신의 한계를 뛰어넘었다.

남옥은 운동 연습이 끝나면 헌책방으로 달려갔다. 거기에는 남옥이 좋아하는 책과 그림과 영화 잡지가 빽빽했다. 어느 날, 남옥은 한 여배우에게 마음을 빼앗겼다. 영화 〈수선화〉에 출연한 김신재였다. 청초한 이미지로 '만년 소녀'라고 불리는 김신재는 온 국민에게 사랑받는 배우였다.

'사랑스러운 미소, 밝고 활기찬 모습이 참 예쁘구나.'

남옥은 김신재가 좋았다. 보는 것만으로 막 설렜다. 남옥은 김신재 사진을 스크랩북˚에 정성껏 오려 붙이고, 보물처럼 소중히 간직했다. 그리고 열렬한 마음을 담아 김신재에게 팬레터를 보냈다. 아

28

름다운 시를 적어 보냈고, 그녀의 초상화를 그려 보냈다.

"넌 답장도 안 오는데 뭘 자꾸 보내니? 누가 네 맘을 알아준대?"

언니가 김신재에게 푹 빠진 남옥을 보며 핀잔을 주었다.

"알아 달라고 좋아하는 것 아니야."

누군가를 좋아하는 데는 꼭 이유가 있는 게 아니었다. 남옥은 김신재라는 배우가 이 세상에 있는 것만으로도 행복했다. 그렇게 시간이 일 년, 이 년 흘렀다. 그래도 김신재에 대한 남옥의 마음은 변하지 않았다.

어느덧 남옥은 졸업반이 되었다. 남옥과 친구들은 장래를 결정해야 했다. 어떤 친구는 대학에 가고, 어떤 친구는 직장을 잡고, 어떤 친구는 결혼을 선택했다. 남옥은 운동을 계속하고 싶었다. 그런데 웬일인지 아버지가 반대했다.

"육상은 그만해라. 그만큼 했으면 충분하다."

"그래, 여자가 운동해서 뭣에 쓰게. 조선에서 여자 선수가 할 일은 없어."

어머니도 옆에서 거들었다.

• **스크랩북(Scrapbook)** : 신문, 잡지 등에서 필요한 부분만을 오린 것을 보관하기 위하여 책처럼 만든 것

남옥은 조선에서 제일가는 투포환 선수였다. 전국 대회에서 삼 년 연속 우승하고, 일본 선수들까지 무릎 꿇린 실력자였다. 그런데 도 여자에게 운동은 학교 다닐 때의 취미이자 특별 활동일 뿐이었 다. 조선에서 여자는 선수로 활약하기 어려웠다.

　"언니, 여자는 왜 이리 안 되는 게 많아?"

　속이 상한 남옥이 작은언니에게 툴툴거렸다.

　"남옥아, 투포환을 그만두는 게 아쉽구나."

　작은언니가 남옥의 마음을 들여다보고 다정스레 다독였다.

　"어떤 길이 막히면 또 다른 길이 열린대. 넌 하고 싶은 게 많은 아이잖아? 투포환만큼 재미있고 기쁨을 주는 걸 찾아 보는 건 어 때?"

　언니의 조언은 남옥에게 큰 용기를 주었다.

　'그래, 분명히 있을 거야. 난 원래 꿈 부자이니까.'

　남옥은 투포환 대신 그림을 배우기로 마음먹었다. 그림을 그리 면 행복했기 때문이었다. 하지만 문제가 있었다. 조선에는 미술을 가르치는 대학이 없어서 일본으로 가야 했다. 그렇지만 학교에서는 여학교 교사가 되는 내량여고사(나라여자대학) 외에는 일본의 어떤 대학도 허락하지 않았다. 남옥에게 학교 규칙은 거대한 벽이었다.

만약 규칙을 어기면 벌을 받을 테고, 순순히 규칙을 따르면 그림을 포기해야 했다.

어떻게 할지 잠시 고민하던 남옥은 미술대학에 지원하는 쪽을 선택했다. 만약 남옥이 합격 통지서를 받으면 학교에서도 새 규칙을 만들지 몰랐다. 그러면 후배들에게 새로운 기회를 터 주는 것이니 해 볼 가치가 있었다.

남옥은 밤새도록 정물화를 그렸다. 그런 뒤에 아무도 몰래 일본 도쿄미술학교(도쿄예술대학)로 지원서를 보냈다.

얼마 후 남옥에게 반가운 소식이 찾아왔다. 도쿄미술학교로 시험을 보러 오라는 통지서였다. 하지만 남옥의 기쁨은 한순간에 깨져 버렸다.

"박남옥, 규칙을 또 어겨? 당장 부모님 오시라고 해!"

교실 문이 열리면서 선생님이 벼락같이 고함쳤다. 하필이면 통지서가 학교로 오는 바람에 들통난 거였다.

이튿날, 아버지가 학교에 불려 왔다. 선생님에게 허리 굽히는 아버지를 보자 남옥은 일본인 교장 선생님이 미웠다.

'학생의 장래를 위해 새 규칙을 못 만들겠다면, 학교 규칙을 어긴 학생에게만 벌주면 될 것 아닌가. 왜 아무 잘못도 없는 아버지를 부

른담.'

남옥의 꿈은 또다시 짓뭉개졌다.

"여자라서 안 돼!"

"조선 여자라서 안 돼!"

"여자가 그딴 거 해서 뭐 하게!"

조선에서는, 일본 식민지인 조선에서는 여자가 꿈꾸는 것이 너무나 어려웠다.

영화계에 발을 들이다

1943년, 스무 살이 된 남옥은 가족이 원하는 대로 이화여자전문
학교 가사과에 들어갔다. 대구 집을 떠나 서울에서 살게 된 남옥은
즐겁지 않았다. 활달한 남옥에게 육아, 재봉, 요리 등을 가르치는
가사 과목은 적성에 맞지 않았다. 하얀 천에 자수를 놓을 때면 수없
이 바늘에 손이 찔렸다. 요리를 실습할 때면 덜렁거리다 그릇을 깨
트리기 일쑤였다.

"어휴, 내 손은 마당쇠 손인가 봐. 쇠공만 던져서인지 너무 투박
해."

남옥이 울상을 짓자 친구들이 배꼽을 쥐고 웃었다. 그러고는 남

34

옥을 위로했다.

"사람은 저마다 잘하는 게 다르잖아. 남옥이 넌 운동을 잘하고, 그림을 잘 그리잖니?"

"맞아. 바느질과 요리에 익숙지 않아서 그래. 자꾸 하다 보면 나아질 거야."

남옥은 친구들의 말처럼 누구나 처음 하는 일은 서툴고 어설플 수밖에 없음을 잘 알고 있었다. 처음 높이뛰기와 투포환을 시작했을 때 그랬기 때문이었다. 하지만 실망하지 않고 날마다 꾸준히 연습해서 원하는 결과를 얻었다. 그러니 바느질이든 요리든 조급하게 생각하지 않고 노력하면 나아질 거라고 여겼다.

남옥은 요리에 열성을 쏟았다. 그런데 웬일인지 남옥의 요리 실력은 늘지 않았다. 남옥은 요리가 재미없었다. 좀처럼 흥미도 생기지 않았다.

그나마 학교생활에서 남옥을 버티게 해 준 것은 책이었다. 집에서 생활비를 부치거나 학교 선생님인 작은언니가 용돈을 보내 주면 남옥은 책방으로 달려갔다.

학교 앞 신촌을 지나 염천교로 가는 길에는 넓디넓은 보리밭이 있었다. 황금물결이 일렁이는 보리밭은 달려도 달려도 끝이 없었다. 햇살은 따사롭고, 바람은 달콤하고, 종달새는 하늘 높이 떠 지지배배 노래했다. 남옥도 종달새처럼 포르르 날아오를 것 같았다.

"남옥아, 종로 극장에 가자. 새 영화가 개봉했대."

영화 또한 남옥에게 크나큰 기쁨이었다. 일요일마다 단짝 친구와 극장을 가는 게 최고의 즐거움이었다.

하루는 종로 거리를 걷다가 우연히 김신재를 봤다. 몇 년 동안 그리워하던 스타가 눈앞에 있다니 믿기지 않았다. 남옥은 다리가 후들거려 그대로 멈췄다. 하얀 머플러를 두른 김신재는 수선화처럼 해맑고 청초했다.

"우리 가서 사인 받을까? 쫓아가서 악수라도 하자."

친구가 말했으나 남옥은 움직일 수 없었다.

"너답지 않게 왜 그래? 저 배우를 좋아해서 팬레터 보내고 초상화도 그려 보냈잖아?"

친구가 졸랐지만 남옥은 붙박이로 서 있었다. 왠지 김신재에게 다가가기가 쑥스러웠다.

김신재는 청순가련한 분위기와 자신만의 색깔로 사람들에게 사랑받는 스타였다. 여자가 일하는 게 쉽지 않은 조선에서 김신재는 당찬 신여성이었다. 문득 남옥의 머릿속에 이런 생각이 스쳤다.

'내 색깔은 뭘까? 내가 찾아야 할 나만의 빛깔은 뭘까?'

남옥은 무엇이 되고 싶은지, 무엇을 해야 할지 아직 몰랐다. 다만 한 가지 분명한 것은, 사랑하는 스타 앞에서 당당한 사람이 되고 싶었다.

김신재가 한 부인과 함께 웃으며 멀어져 갔다. 남옥은 김신재와 걸어가는 부인이 한없이 부러웠다. 힘없이 돌아서던 남옥은 그제야 후회가 밀려왔다. 나중에 추억거리가 될 좋은 기회를 놓친 것 같았다. 남옥은 친구에게 선언하듯이 말했다.

"다시는 절대로 쭈뼛거리지 않을 거야. 언제나 당당해질 거야. 나도 김신재와 나란히 설 수 있는 사람이 되겠어."

"그래, 이제야 박남옥답구나."

친구가 웃으며 남옥과 팔짱을 꼈다. 두 사람은 조금 전에 나란히 걸어간 김신재와 부인처럼 보였다. 남옥은 김신재와 함께 있는 자신을 상상했다. 행복한 웃음이 배시시 흘렀다.

어느 날, 남옥은 영화 〈올림피아〉를 보고 큰 감명을 받았다. 〈올림피아〉는 1936년 독일 베를린 올림픽을 다룬 다큐멘터리로, 손기정 선수의 마라톤 우승 장면이 담겨 있었다. 그래서 우리나라에서도 인기 있는 작품이었다. 일제 강점기의 암울한 시간을 보내던 사람들은 통쾌한 감격의 현장을 생생히 볼 수 있음에 열광했다.

하지만 남옥이 놀란 이유는 따로 있었다. 영화를 만든 감독이 여성이기 때문이었다.

"이 감독님은 올림픽 경기의 특징과 선수들의 움직임을 섬세하게 표현했어. 이 세상에는 멋진 여성들이 참 많구나. 자기만의 색깔로 반짝이는 여성이 수두룩하잖아. 김신재가 수선화처럼 청순한 빛깔이라면 감독님은 정열적인 빛깔이네. 영화감독… 여성 영화감독……."

남옥은 '여성 영화감독'이라는 말을 몇 번이나 중얼거렸다.

남옥은 기숙사 생활에 점점 익숙해졌다. 그래도 가사 공부에 대한 의문이 자꾸 들었다. 이 공부가 부모님이 원하기 때문에 하는 것인지, 아니면 자신이 진짜 원하는 것인지 확신이 서지 않았다.

그러던 어느 날이었다. 기숙사 사감이 남옥의 방을 점검하러 왔다. 방 벽에는 영화 〈오케스트라의 소녀〉 포스터가 붙어 있었다. 〈오케스트라의 소녀〉는 웃음과 감동을 안겨 주는 음악 영화였다. 악기 연주자인 아버지가 일자리를 잃자 주인공 소녀가 세계적인 지휘자를 찾아가 우여곡절 끝에 함께 오케스트라 공연을 하며 꿈을 이루는 이야기였다.

남옥은 영화 주인공이 좋았다. 가난과 고난 속에서도 소녀가 음악을 사랑하고, 음악에서 희망을 찾아서였다. 소녀는 절망적인 상황에서도 좌절하지 않고 꿋꿋하게 말했다.

"오늘 부는 바람과 내일 부는 바람은 달라!"

남옥은 그 말이 멋졌다. "지금은 모진 바람이 불어도, 내일은 따스한 바람이 불 거야. 그러니 실망하지 마."라는 속삭임 같았다. 그래서 포스터를 침대 위에 붙여 놓고 아침마다 쳐다보며 유쾌하게 외쳤다.

"오늘 부는 바람과 내일 부는 바람은 달라!"

그러면 남옥에게 신기한 마법이 일어났다. 지휘자가 지휘봉을 휘두르고, 1백 명의 오케스트라가 악기를 연주했다. 소녀가 맑은 목소리로 노래했다. 교향악단의 선율과 함께 남옥은 새로운 하루를 기쁘게 시작했다. 아무리 기숙사 생활이 답답해도 버틸 수 있었다.

"도대체 저건 뭐지?"

사감이 눈살을 찌푸리며 포스터를 가리켰다.

"제가 좋아하는 영화 포스터입니다."

"쯧쯧, 좋아하는 것이 겨우 영화라고? 당장 떼어 버려!"

남옥의 대답에 아랑곳하지 않고, 기숙사 사감이 차갑게 명령했다. 남옥은 말문이 막혔다. 사감의 말투에서 예술을 우습게 보고, 예술인을 얕잡아 보는 게 느껴졌다. 남옥은 실망스러웠으나 말없이 포스터를 뗐다.

'여기는 오래 있을 곳이 아니구나.'

그 순간 남옥의 마음도 떠났다.

'모두가 원하는 대로 난 이곳에 왔어. 하지만 행복하지 않아. 게다가 학생의 개성과 취미를 존중하지 않는 곳에서 배울 게 있을까? 차라리 내가 하고 싶은 걸 찾아가겠어.'

며칠 후, 남옥은 미련 없이 학교를 떠났다.

"풀 죽어 있는 것은 딱 질색이야!"

학교를 그만둔 남옥은 하늘을 나는 새처럼 자유로이 살았다. 그림을 배우고 여행을 갔다. 친구와 함께 금강산 구경도 다녀왔다. 남옥은 극장에 들락거리고 책방에서 살다시피 했다. 그것은 조금도 질리지 않았다. 용돈이 모자라서 책을 못 사고 영화를 못 보는 게 아쉬울 뿐이었다.

어느 날, 남옥은 큰맘 먹고 영화배우 김신재를 찾아갔다. 새 출발을 응원받고 싶어서였다.

"안녕하세요. 저는 대구에서 편지를 보냈던 팬이에요……."

김신재를 보자마자, 남옥은 그녀와 만나는 이 특별한 순간을 영원히 멈추고 싶었다. 하지만 김신재는 열성 팬들에게 시달리는지, 남옥을 반기지 않았다. 그래도 남옥은 수선화 꽃다발을 그녀에게 전해 준 것만으로도 힘이 솟구쳤다.

남옥의 취미는 변함이 없었다. 영화배우의 브로마이드를 모으고 사진을 스크랩했다. 한 걸음 나아가 영화에 관한 신문 기사나 광고까지 오려 붙였다. 그 꾸준함 덕분에 몇 년간 모은 결과물은 대단했다. 한번은 어릴 때부터 모았던 스크랩북을 보다가 깜짝 놀랐다.

'영화배우들의 역사를 한눈에 알 수 있네. 나중에는 좋은 자료가 되겠는걸.'

그때부터 남옥은 영화 감상까지 꼼꼼하게 기록했다. 간단하게 내용을 요약하고, 영화를 본 느낌과 생각을 적었다. 다른 영화와 비교할 점이 있으면 써 놓았다. 어떨 때는 영화에 관한 전문 서적까지 찾아 읽고서 보충해 놓았다.

얼마 뒤, 남옥에게 행운이 찾아왔다. 조선영화사 광희동 촬영소에서 일하게 된 것이었다.

'영화를 좋아하고 잘 알게 되니 저절로 길이 뚫리는구나.'

비록 큰일은 아니었지만 영화사에 첫발을 내디딘 남옥은 한껏 희망에 부풀었다. 그러나 일제 강점기의 촬영소 일은 실망스러웠다. 일본이 태평양 전쟁을 치르는 중이었기 때문에 촬영소에서는 대부분 뉴스를 제작했다. 이따금 만드는 영화라고는 "개척하자, 대륙을!" 하고 외치는 구호처럼 일본이 빼앗은 만주를 개척하자고 선전하는 문화 영화*였다.

촬영소를 그만둔 남옥은 대구로 내려가 《대구일일신문》 기자가 되었다. 남옥의 나이 스물한 살 때였다.

"자네는 영화에 대해 아는 것이 많고 글도 제법 쓴다지? 문화부에서 영화평을 맡게나."

신문 기자가 되어 영화평까지 쓰게 된 남옥은 뛸 듯이 기뻤다.

예전부터 영화 포스터를 스크랩하고 영화 감상을 기록했던 습관이 기자 생활을 하는 데 큰 도움이 되었다. 남옥은 마치 눈사람을 만들려고 자그마한 눈덩이를 굴리는 기분이었다. 그러다 문득 이런 생각에 잠겼다.

'내 눈사람은 어떻게 완성될까? 온전한 꿈, 내가 진짜 하고 싶은 것은 뭘까?'

---

* 문화 영화(文化映畫): 교육이나 과학 연구를 위하여 만든 영화

1945년 8월 15일, 우리나라가 일본의 속박에서 벗어났다.

"대한 독립 만세!"

"대한 독립 만세!"

만세 소리가 조선 땅을 뒤흔들자 신문사에 있던 일본인들은 일본으로 도망쳤다.

일제 강점기에 태어난 남옥은 얼떨떨했다. 우리말도 제대로 배우지 못한 탓에 신문 기사를 쓰기는커녕 교정조차 볼 수 없었다. 우리말 철자법도, 띄어쓰기도 형편없었다.

'안타깝게도 난 우리말보다 일본어를 더 잘하는구나. 우리말도 모르는 기자라니, 신문 만들 자격이 없지.'

남옥은 하릴없이 신문사를 그만뒀다.

남옥은 다시 조선영화사 광희동 촬영소로 돌아갔다. 그곳에 전창근 감독을 비롯해 유계선, 김승호, 황려희 등 유명 배우들이 있었다. 영사실 뒤쪽에 김신재가 있었다. 김신재를 본 순간, 남옥은 가슴이 설렜다. 남옥은 이제 김신재와 한 공간에서 일하는 동료가 된 것이었다. 지금은 같은 작품을 하진 않지만, 언젠가는 배우와 스태프˙로 영화를 함께 만들지 몰랐다.

˙ 스태프(Staff) : 연기자를 제외한 연극, 영화, 방송의 제작에 관계하는 모든 사람

'만약 같은 영화를 작업하면, 김신재가 맡은 역할에 몰입하도록 힘껏 도와야지. 배우와 스태프로 찰떡 호흡을 맞출 거야. 그러려면 내가 기초부터 실력을 다져야겠지?'

남옥은 김신재가 고마웠다. 그녀는 영화계에 들어온 남옥에게 좋은 영향을 주는 배우였다.

얼마 뒤에 남옥은 김신재의 남편인 최인규 감독과 첫 일을 시작했다. 최 감독이 만드는 영화 〈자유만세〉 녹음 작업에 참여한 것이었다. 하루는 최 감독이 남옥에게 성큼성큼 다가와 물었다.

"남옥 씨가 우리 집사람의 팬이라고? 오랫동안 지지해 준 고마운 팬이라더군."

그 옆에는 김신재가 미소 짓고 있었다. 남옥은 얼굴이 벌게졌다. 김신재는 남옥을 극성팬이라고 싫어하는 줄 알았는데, 그것이 아닌 모양이었다.

"내 팬이 영화계에 입문하다니 정말 기뻐. 우리 남편의 영화도 잘 부탁해."

김신재가 말했다. 그저 말치레가 아니라 진심이 담긴 말투였다.

"〈자유만세〉는 일제의 숨 막히는 탄압에서 벗어나자마자 만드는 영화잖아요. 이런 뜻깊은 영화에 참여해서 제가 영광이지요. 열심히 하겠습니다."

남옥이 힘차게 대답했다.

〈자유만세〉는 일제 강점기의 독립운동가들이 항일 투쟁을 하는 이야기였다. 최 감독은 명장면을 찍기 위해 "다시!"를 수없이 외쳐 댔다. 배우들은 몸 사리지 않고 연기에 몰두했다. 그때마다 남옥은 그들의 열정이 존경스러웠다.

영화 녹음 작업은 겨우내 진행되었다. 남옥은 추운 작업실에서 담요 한 장으로 견디며 밤을 새웠다. 그래도 촬영 현장을 떠올리노라면 힘든 것도 잊었다.

1947년, 남옥은 신경균 감독의 영화 〈새로운 맹서〉의 스크립터로 참여했다. 영화 촬영 현장에서 각 장면이 제대로 촬영되는지 확인하고 그 내용을 기록하는 역할이었다.

〈새로운 맹서〉는 영화배우 최은희가 첫 주연을 맡은 작품이었다.

징용에 끌려갔던 세 청년이 고향으로 돌아와 마을 처녀들과 함께 살기 좋은 어촌을 만들어 가는 영화였다.

영화 촬영은 사람들의 기대 속에 순조롭게 이어졌다. 남대문 세트장에서 촬영이 끝난 후, 제작진은 다음 촬영지로 가려고 준비했다. 남옥도 들떠 채비했다. 그런데 감독이 남옥을 말렸다.

"제작진이 모두 갈 순 없네. 촬영소를 비울 수 없으니, 남옥 씨가 남게."

남옥은 섭섭했다. 남옥은 열심히 일했지만 남자들이 북적이는 영화계에서 여자가 할 일은 제한적이었다.

서울에 남은 남옥은 국내 뉴스를 다뤘다. 그날이 그날 같은 지루한 날의 연속이었다. 남옥은 초조했다. 영화에 대한 열정이 꺼질까 봐 두려웠다. 영화에 대한 사랑이 식을까 봐 불안했다.

'내 진짜 꿈은 뭘까? 내가 정말 원하는 건 뭘까?'

또다시 의문이 고개를 들었다. 남옥은 돌파구를 찾을 때가 왔다고 느꼈다. 순간, 남옥의 눈앞에 투포환 소녀가 보였다. 소녀가 던진 쇠공이 햇덩이처럼 하늘 높이 치솟고 있었다. 남옥은 자신도 모르게 투포환장에 들어설 때마다 되뇌었던 말을 중얼거렸다.

"그래, 한번 해 보는 거야! 지금은 나를 믿는 것뿐이야."

밀항선 타고 밤바다를 건너서

'도쿄로 가야겠어. 그곳에서 미술이든 영화든 배우는 거야.'

남옥은 여학교 때 접은 미술 공부를 다시 하기로 마음먹었다. 하지만 아무에게도 자신의 계획을 밝히지 않았다. 만약 가족에게 알리면 고생스럽고 위험해서 안 된다며 말릴 게 뻔했다.

해방된 뒤부터 나라에서는 사람들이 일본에 오가는 것을 강력하게 통제했다. 그래서 남옥이 일본에 갈 방법은 밀항뿐이었다. 남옥은 밀항선을 타려고 삼천포로 내려갔다. 하지만 배에 오르기도 전에 경찰에게 들켰다.

"밀항은 불법이에요. 위험하니 다시는 이런 짓 하지 마세요."

경찰관이 남옥을 타일렀다. 이렇게 첫 모험은 실패로 끝났다. 그렇다고 멈출 남옥이 아니었다. 남옥은 전국 4등까지 한 높이뛰기 선수였다. 장애물을 뛰어넘는 것쯤은 두렵지 않았다.

"애야, 네 친구들을 보렴. 결혼해서 알콩달콩 살지 않니? 스물다섯 살이나 됐으면 얌전히 시집이나 갈 것이지, 공부는 무슨 공부란 말이냐?"

어머니가 한숨을 쉬며 남옥을 말렸다.

"일본은 조선 사람이 함부로 갈 곳이 아니다. 나라에서 막는데 어딜 간단 말이냐?"

과묵한 아버지도 남옥을 타일렀다.

"아버지, 저는 넓은 세상을 보고 싶어요. 삼 년만 공부하고 돌아오겠습니다."

부모님의 만류에도 남옥은 무작정 길을 떠났다. 남옥은 부산에서 밀항선 중개인에게 일본으로 가는 배를 소개받았다.

"일본에 갈 수 있지요?"

"물론입니다. 배는 새것이라 안전하고 선장도 믿을 만한 사람입니다. 하루면 도착하니 걱정하지 마세요."

밀항선 중개인이 큰소리를 떵떵 쳤다.

남옥은 한밤중에 어둠을 헤치고 바닷가로 향했다. 밀항선은 아주 작았다. 원래 스물한 명이 탈 배였는데, 선장은 서른 명을 더 태웠다. 배는 얼마쯤 가다 어느 섬 근처에 멈췄다.

"모두 움직이지 말고 기다리세요. 큰 소리를 내서도 안 됩니다."

선장의 지시에 따라 사람들은 웅크린 채 숨을 죽였다.

배는 좀처럼 떠나지 않았다. 한 치 앞을 볼 수 없는 어둠은 남옥의 미래 같았다. 남옥은 뱃전에 기대어 밤하늘을 쳐다봤다. 남청빛 하늘에 여름 별이 가득했다. 달빛이 하얗게 쏟아졌다.

그때였다. 잔잔한 바다 위로 은빛 물체가 휙휙 튀어 올랐다. 커다란 갈치 떼였다.

'저 은빛 자태 좀 봐. 갈치 빛깔이 영롱하구나.'

그 풍경은 영화의 한 장면처럼 환상적이었다. 어느 틈에 남옥은 은빛 갈치 떼와 함께하는 바다 여행자가 되었다. 여름 달빛이 휘황한 바다를 건너고, 깊은 바닷속 고요한 세계를 누볐다. 때때로 신기한 바다 생물체와 만났다. 낯선 세상은 신비했고, 남옥을 낭만적인 기분에 휩싸이게 했다.

어느 틈에 새벽빛이 밝아 왔다. 밤새도록 섬 구석에 숨어 있던 배가 천천히 움직였다. 드디어 출발이었다. 규슈 사세보까지는 하룻

길이라니, 저녁이면 남옥은 일본에 있을 터였다. 미지의 세계로 떠나는 모험가처럼 남옥은 한껏 들떴다. 아침 바닷새가 남옥을 배웅하는 듯 배 위를 맴돌며 끼룩끼룩 울었다.

섬을 벗어나자 배는 힘차게 바다를 헤쳐 나갔다. 하늘은 구름 한 점 없이 파랬다. 날씨는 그지없이 맑았다. 밀항선을 감시하는 경비행기나 경비선도 보이지 않았다. 남옥은 멀리 수평선을 바라봤다.

'이 바다를 건너면 딴 세상이 있을 거야. '안 돼!'라는 말이 없는 곳, 영화든 그림이든 마음껏 할 수 있는 곳, 그런 세상에 닿을 거야.'

남옥의 가슴은 설레어 마냥 부풀어 올랐다.

어느덧 넓디넓은 바다에는 작은 배뿐이었다. 바닷새도 날지 않고, 섬조차 보이지 않았다. 오직 황금빛 태양이 물결 위로 자잘한 빛을 뿌렸다. 그때 아름다운 풍경이 펼쳐졌다. 날렵한 물고기가 열 마리, 스무 마리씩 물 위로 날아올랐다가 바닷속으로 사라졌다. 하늘을 나는 물고기, 날치 떼였다. 가슴지느러미를 편 채 새처럼 활공하는, 그 신비로운 광경은 여행자의 기분을 한층 돋우었다. 남옥은 감탄스레 중얼거렸다.

"저 날치 떼의 비행을 영화로 만들면 어떨까?"

남옥은 또다시 상상의 나래를 펼쳤다. 다른 사람들도 날치 떼의 활공에 감격한 표정이었다.

"물고기가 날아가는 것은 처음 봐. 아름다운 물고기들이 우리를 이끄나 봐."

"그러게. 운이 좋을 것 같아."

그들의 얼굴에 웃음이 피었다. 그러고는 긴장이 풀렸는지 서로에게 말을 건넸다.

"젊은 아가씨가 왜 밀항선을 탔소?"

남옥 옆에 앉아 있던 할머니가 물었다.

"일본으로 공부하러 가요. 할머니는요?"

"우리 가족은 나고야에서 살다가 해방되어 돌아왔는데, 다시 돌아간다오."

"왜요? 힘들게 왔을 텐데요."

"으응, 고국이 그리워서 돌아왔지만 먹고살 길이 있어야지. 할 수 없이 애들 때문에 가는 거야."

남옥은 고개를 주억거렸다. 할머니의 말뜻을 이해할 수 있었다.

우리나라는 일제로부터 해방되었으나 너무 가난했다. 식량이 부족하고 일자리가 없었다. 아이들을 가르치기도 어려웠다. 그렇다 보니 일본으로 가는 사람이 종종 있었다. 일본에서 차별을 당해도,

목숨을 잃을 위험이 있어도 바다를 건넜다.

바닷길은 변화무쌍했다. 하룻길이라던 여정은 어찌 된 일인지 점점 늘어졌다. 바다에서 다시 밤을 지새우고 맞은 항해 둘째 날에는 평온하던 바다가 돌변했다. 잿빛 먹구름이 몰려오면서 바람이 휘몰아쳤다. 덩달아 파도가 거칠어졌다. 작은 배는 세차게 때리는 파도에 휩쓸려 이리저리 흔들렸다.

"선장, 괜찮겠소? 이 풍랑에 배가 견딜 수 있는 거요?"

"그럼요, 끄떡없습니다."

선장이 사람들을 안심시켰다. 그러나 배 안은 삽시간에 아수라장이 됐다. 시커먼 파도가 죽음의 혀처럼 날름거리자 사람들은 겁에 질렸다. 어떤 사람은 토했고, 어떤 사람은 "물! 물!" 하면서 흐느적거렸다. 그때였다. 쿵! 엄청난 굉음이 나면서 배가 멈췄다.

"이게 무슨 소리요?"

사람들이 놀라 외치자 선장이 안절부절못하며 말했다.

"큰일 났어요! 나침반이 고장 났습니다."

사람들에게는 나침반이 두 개 달린 최신식 배라고 했는데 사실은 하나밖에 없는 낡은 배였다. 게다가 스물한 명이 탈 배에 쉰한 명이나 탔으니 사고가 날 만했다. 그렇지만 배가 부서지는 것은 예상치 못한 사건이었다.

잠시 후, 더 큰 일이 벌어졌다. 구멍 난 배에 바닷물이 새어 들기 시작했다. 사람들의 옷이 순식간에 젖었다. 바닷속으로 가라앉는 것은 시간문제였다.

"빨리 물을 퍼냅시다. 이러다가 바다에 빠져 죽어요."

남자들이 허겁지겁 물을 퍼냈다.

"엄마, 무서워!"

"어떡해! 우리 물귀신이 되는 건 아니지?"

어린아이와 여자들은 하얗게 질려 울음을 터트렸다. 나고야 할머니는 뱃머리로 기진맥진해 움직이지 못했다. 몇몇 남자도 얼이 빠져 있었다. 바닷물은 엄청난 속도로 차올랐다. 검은 물결이 죽음의 손길처럼 넘실거렸다.

"지금 울 때가 아니에요. 우리도 물을 퍼내자고요."

남옥이 사람들에게 외쳤다. 죽음 따위는 생각하고 싶지 않았다.

‘멈추면 죽는다. 이대로 망망대해에 빠져 죽을 순 없어.’

남옥은 물을 퍼내고 또 퍼냈다. 팔이 끊어질 듯 아프고 손에 감각이 없었으나 단념하지 않았다.

낡은 배가 파도에 떠밀려 갔다. 넓은 바다에 나뭇잎처럼 떠서 남으로, 남으로 흘러갔다. 배 위는 생지옥이었다. 여자와 어린애들은 울음을 그치지 않고, 토하고 까무러쳤다. 물을 퍼내던 남자들도 하나둘 지쳐 쓰러졌다.

그때 어디선가 비행기 소리가 들렸다. 사람들이 발딱 일어났다.

"살려 주세요!"

"살려 주세요!"

그들은 허공을 향해 옷을 벗어 흔들어 댔다.

"여기 사람 있어요!"

남옥도 두 팔을 휘저으며 비행기에 구조 신호를 보냈다. 그렇지만 희망은 금세 사라졌다. 비행기는 바다에 작은 점처럼 떠 있는 배를 보지 못한 채 떠나 버렸다. 남옥은 빈 하늘을 멀거니 쳐다봤다.

‘에잇, 영화고 미술이고 다 끝장났잖아. 폭풍우에 구멍 난 배에서 물 퍼내다 죽다니! 쯧쯧, 흥행 가치 없이 재미없는 얘기로군.’

죽음이 코앞이건만 남옥의 머릿속엔 유머가 맴돌았다.

낡은 배는 정처 없이 떠내려갔다. 햇볕은 뜨겁게 내리쬐고, 바람 한 점 불지 않았다.

얼마쯤 시간이 흘렀을까. 남옥은 배가 고프고 목이 말라 정신이 가물거렸다.

'시원한 물 한 모금만 마실 수 있다면……'

순간, 저 멀리 희끗희끗한 것이 보였다.

"섬이다!"

남옥이 환호성을 질렀다.

"살았어요. 우리 이젠 살았어!"

"물고기 밥이 되는 줄 알았는데……. 하늘이 도우셨어."

사람들이 부둥켜안고 울었다. 나고야 할머니도 눈시울을 붉혔다.

그런데 섬이 너무 멀었다. 헤엄쳐 가기에는 불가능한 거리였다. 바람과 파도가 섬을 향하고 있었으나, 언제 엉뚱한 방향으로 바뀔지 알 수 없었다.

그때였다. 정말 하늘이 도운 것인지 마침 섬 근처에 있던 고깃배 두 척이 달려왔다.

"당신들은 누구요?"

일본인 어부가 물었다.

"조선 사람입니다. 살려 주시
오."

일본인 어부들은 낡은 배를 끌
고 섬으로 갔다.

남옥과 조선 사람들은 섬사람들에게 구조
되었다. 그러나 사흘 동안 바다에서 죽음과 맞싸운 터라 제대로 시
지도 못했다. 몇몇은 병원으로 가고 나머지는 넓은 강당에 뻗어 버
렸다.

남옥은 섬에서 사흘을 보냈다. 섬사람들은 남옥을 친절하게 보
살폈다. 하지만 남옥은 불법 밀입국자였기에 일본 사세보수용소에
갇혔다.

한 달 후, 햇살 가득한 날이었다. 조선으로 돌아오는 배에 탄 남
옥은 뱃전에 서서 멀어지는 일본을 바라봤다. 일본에서 공부하려
는 남옥의 도전은 번번이 꺾였다. 밀항선까지 탄 노력은 허사가 됐
고 열정은 물거품이 됐다.

그래도 남옥은 낙담하지 않았다. 오히려 바다를 떠돌면서 더욱
더 강하고 단단해졌다. 끼룩끼룩, 끼룩끼룩! 바닷새가 응원하듯 배
위를 맴돌았다. 남옥은 바닷새처럼 하늘을 날 듯이 어깨를 쭉 폈다.

전쟁의 공포 속에서

1950년 6월 25일, 북한이 전쟁을 일으켰다. 그 이튿날 아침에야 남옥은 라디오 뉴스를 듣고 소스라쳤다.

"어머니, 북한군이 쳐내려왔대요."

"이를 어쩌면 좋으냐? 서울 애들이 걱정이구나!"

어머니가 안절부절못했다. 서울에 남옥의 작은언니와 남동생 둘이 남아 있어서였다. 라디오에서는 전쟁 소식이 쉴 새 없이 쏟아졌다. 우리 정부는 문제없다고 했지만, 한강 다리가 폭파되고 서울 시민이 피란˙ 간다는 소문이 왁자했다.

˙ 피란(避亂) : 전쟁 등의 난리를 피하여 옮겨 감.

"이대로 있을 수 없구나. 기차역에라도 가 봐야겠어."

"저랑 같이 가요, 어머니."

남옥은 어머니와 함께 대구역에 나갔다. 언니네 가족과 두 동생이 서울을 빠져나왔으면 기차를 탔을 것이고, 만약 서울에 남았다면 아는 사람을 통해 안부를 전해 올지 몰랐다.

대구역 앞은 전쟁 상황과 가족의 소식을 알기 위해 모인 사람들로 가득했다. 몇 날 며칠을 기다려도 언니와 동생은 오지 않았다. 소식을 들을 수도 없었다. 피란을 떠나지 못한 게 분명했다.

'제발 무사하기를……'

남옥은 마음속으로 간절히 기도했다.

북한군은 폭풍처럼 거침없이 내려왔다. 그들이 사흘 만에 서울을 빼앗아서 급기야 대통령과 정부는 부산으로 피란을 가야 했다. 경상도의 안동, 영천, 대구도 위험한 상황이었다. 밤이 되면 대구 팔공산에서는 공산군의 암호 불빛이 번쩍거렸다.

7월 무렵, 대구에 있던 경북도청에 '국방부 촬영대'가 만들어졌다. 그 소식을 들은 남옥은 곧장 찾아갔다.

"내가 전쟁터에서 싸울 수는 없지만, 영화 일은 할 수 있어요."

남옥의 야무진 태도에 촬영대 대장인 국방부 장교가 깜짝 놀라 물었다.

"국방부 촬영대는 군대 영화를 만들고 전쟁 뉴스를 다룰 거요. 할 수 있겠소?"

"그럼요. 전 경험이 풍부하거든요."

남옥은 여성으로서는 드물게 촬영대에 들어갔다.

촬영대는 전쟁터 곳곳을 취재하고, 전쟁 뉴스를 제작해 보도했다. 남옥은 열악한 환경에 힘들었지만, 전쟁 소식을 알리고 전쟁의 참상을 기록하는 데 힘썼다. 전쟁터를 직접 누비지는 않았지만 영상을 만들면서 전쟁의 잔혹함을 확인할 수 있었다. 같은 민족이 서로에게 총을 겨누는 것은 크나큰 비극이었다.

남옥의 집안에도 끔찍한 불행이 들이닥쳤다. 한 친척은 아들이 인민군●으로 끌려가 전쟁터에서 세상을 떠났다. 서울에서는 친척 삼십여 명이 함께 숨어 있다가 북한군의 폭격에 목숨을 잃었다. 한순간에 집이 잿더미로 변해 단 한 명도 살아남지 못했다.

전쟁의 공포를 이기는 방법은 아무것도 없었다. 전쟁이 끝날 거라는 희망을 품고 견디며 제 몫의 일을 해 나갈 뿐이었다.

9월이 되자 전쟁의 기세가 바뀌면서 국군이 서울을 되찾았다. 육

● 인민군(人民軍) : 북한의 군대

군 본부도 서울로 올라가려고 준비했다. 때가 왔다고 생각한 남옥은 재빨리 움직였다. 몇 달째 소식이 끊긴 작은언니와 두 동생이 걱정돼 견딜 수 없었다. 남옥은 촬영대 대장에게 사정했다.

"대장님, 저도 데려가 주십시오."

"안 된다. 여자를 태우지 않는다는 규정을 모르는가?"

"군인 중에도 여군이 있잖습니까? 저도 촬영대에서 남자와 똑같이 일했습니다."

남옥의 당당한 태도에 대장은 할 말을 잃은 듯 바라봤다.

"흠… 알겠다."

대장이 허락했다. 단, 조건이 있었다. 남옥은 문관˚의 자격으로 군복을 입어야 했다.

북한군이 훑고 간 자리는 처참했다. 온 국토가 탱크와 폭탄에 파괴되어 황폐했다. 대구를 거쳐 왜관을 지나는데 집, 건물, 학교 할 것 없이 시가지가 화염에 휩싸여 있었다. 대전은 도시의 절반 이상이 무너진 채 곳곳에서 자욱한 연기가 피어올랐다. 서울에 다가갈수록 더욱더 끔찍한 광경이 펼쳐졌다. 길가에 인민군 탱크가 부서져 있고, 여기저기 시체들이 나뒹굴었다. 서울은 폐허가 되어 어디

˚ **문관(文官)** : 군인의 신분, 지위를 가지지 않은 채 군대에서 일하는 관리

가 어딘지 알 수 없었다.

서울에 닿자마자 남옥은 부랴부랴 남동생을 찾아갔다.

"누이!"

"영기야, 네가 살아 있었구나. 얼마나 고생이 많았니?"

남옥은 동생을 얼싸안았다.

"나는 마루 밑에 숨어서 살았어. 하지만 상기는……."

동생 영기는 충격적인 소식을 들려줬다. 둘째 동생 상기가 인민군에게 끌려갔다는 것이었다. 남옥은 풀썩 주저앉았다. 슬픔은 느닷없이 찾아오는 나쁜 손님이었다.

그날부터 남옥은 사라진 동생을 정신없이 찾아다녔다. 마침 동생 소식을 안다는 사람이 나타났다. 동생의 친구인 모양이었다. 남옥은 한달음에 그를 찾아갔다.

"계세요? 대구에서 온 박상기 누나인데요."

남옥이 어느 건물에 들어서자 한 남자가 절뚝거리며 나왔다. 그는 남옥을 보자마자 흐느꼈다.

"누님! 나는 인민군 몰래 탈출했지만, 상기는 끌려갔어요."

그 소리를 듣자마자 남옥은 그의 손을 부여잡았다.

"내 동생이 왜 북으로 끌려갔어요?"

"인민군은 예술인들을 '문화공작대'로 쓴다며 잡아갔어요. 문화공작대는 전쟁터 곳곳에서 연극을 하거나 노래를 부르며 인민군의 사기를 드높이는 데 이용될 거래요."

동생 상기는 음대 성악과에 다니는 학생이었다. 예술을 공부했을 뿐 공산주의 사상을 가지고 있지는 않았다. 남옥은 하염없이 눈물만 흘렸다.

'상기는 살아 있을 거야. 반드시 찾아야 해!'

어떻게든 동생을 구해야 한다고 굳게 결심한 남옥은 그날부터 행동에 나섰다.

"제 동생이에요. 이름은 박상기. 전투 지역으로 오갈 때나 낙오병과 마주칠 때, 비슷한 사람이 있는지 살펴봐 주세요."

남옥은 뉴스를 촬영하러 나가는 촬영대 기사들에게 부탁했다.

"제 동생이에요. 이름은 박상기. 경상도 사투리 쓰는 학생을 만나면 이름을 물어봐 주세요. 만약 찾으면 데려와 주세요. 제발 부탁합니다."

그들에게 동생 사진을 보여 주고, 쪽지에 생김새와 특징을 적어서 건넸다.

시간은 쉼 없이 흘렀다. 전쟁은 가족을 흩어지게 하고 깊은 슬픔과 상처를 남겼다. 가족의 생사를 확인할 길 없는 답답한 날들이 이어졌다. 걱정과 한숨만 쌓일 뿐, 동생 소식은 들려오지 않았다.

'상기야, 제발 돌아오렴. 우리 꼭 만나자.'

남옥은 빌고 또 빌었다.

그러는 중에도 촬영대는 눈코 뜰 새 없이 바빴다. 전쟁 상황을 기사로 쓰고, 그것을 영상으로 만들어 사람들에게 전하려면 밤을 지새우기 일쑤였다.

어느 날, 남옥은 간신히 짬을 내 작은언니를 찾아갔다. 아담한 한옥이 빽빽했던 을지로는 허허벌판이었다. 골목길이 사라져 어림짐작으로 걷다가 남옥은 우뚝 멈췄다. 언니네 집이 없었다. 다른 집도 달랑 몇 채만 남았을 뿐 동네가 잿더미로 변해 있었다. 남옥은 심장이 얼어붙었다.

'왜 불에 탄 걸까? 폭격을 맞은 걸까? 그렇다면 언니는? 가족들은?'

섬뜩한 생각들이 번개처럼 스쳤다.

"언니! 언니! 어딨어?"

남옥은 미친 듯이 뛰어다니며 울부짖었다. 그래도 돌아오는 대답은 없었다.

얼마쯤 지났을까. 지나가던 아낙이 남옥에게 말했다.

"그 집 사람들, 저쪽으로 옮겨 갔어요."

남옥은 아낙이 알려 준 곳으로 내달렸다. 그곳에서 언니의 두 아들이 놀고 있었다. 천진난만하게 장난치는 조카들을 본 순간, 남옥은 기쁨의 탄성을 질렀다.

"정말 다행이야!"

전쟁의 공포 속에서도 아이들은 웃고 있었다. 그 웃음은 잿더미에서 피어나는 꽃이었다.

"남옥아, 무사했구나!"

언니가 부엌에서 나와 남옥을 껴안았다. 끔찍한 전쟁터에서는 살아 있는 것만으로 행복이었다.

어느새 쌀쌀한 가을로 접어들었다. 스산한 바람이 불 때마다 텅 빈 거리는 더욱 쓸쓸해 보였다. 흩날리는 바람결에 곳곳에서 슬픈 소문이 떠돌았다. 문학가, 작곡가, 무용가 등 많은 문화 예술인이 북으로 끌려갔다는 소식이었다. 그중에는 김신재의 남편인 최인규 감독도 있었다.

남옥은 바삐 김신재를 찾아갔다. 그 소문이 사실이라면 김신재가 잘 견딜지 걱정이었다. 돈암동 김신재의 집은 대문이 열려 있었다. 주위는 고요하고 인기척조차 없었다.

남옥은 김신재에게 무슨 일이 생겼나 싶어서 덜컥 겁이 났다.

"아무도 안 계세요?"

남옥은 떨리는 가슴을 진정시키며 외쳤다. 그때 방문이 벌컥 열렸다.

"아니, 이게 누구야?"

김신재였다. 얼마나 고생했는지 얼굴이 반쪽이 되어 딴사람 같았다.

"살아남으니까 만나는구나. 우린 이렇게 만나는구나……."

김신재가 눈시울을 붉히면서 말끝을 흐렸다.

"최 감독님 소식 들었어요."

"으응……."

김신재가 힘없이 대답했다. 그녀는 몹시 슬퍼 보였다. 피란살이에 두 아들까지 영양실조와 폐렴으로 잃었기 때문이었다. 만인의 사랑을 받고, 기쁨을 주던 스타 김신재는 희망을 잃은 듯했다.

남옥은 모든 것을 한꺼번에 잃은 김신재가 가여웠다. 그녀의 아픔을 덜 수 있다면, 자신이 기꺼이 떠안고 싶었다.

"내 친구가 되어 주겠어?"

김신재가 남옥에게 물었다. 남옥은 고개를 끄덕이며 김신재의 손을 잡았다.

촬영대로 돌아오는 길, 남옥은 김신재가 건강해지길 바랐다. 언젠가는 다시 김신재가 영화 〈집 없는 천사〉에서 꽃 팔던 고아 소녀처럼 씩씩해지고, 영화 〈수선화〉에서처럼 환하게 웃으며 전쟁에 지친 사람들에게 위안과 감동을 안겨 줄 것이라고 믿었다.

그로부터 한 달쯤 지난 뒤, 남옥에게 엄청난 행운이 찾아왔다.

"누나! 나야, 나!"

인민군에게 끌려갔던 상기가 돌아왔다. 동생은 몰골이 처참했다. 옷은 찢어져 너덜거리고, 몸은 상처로 성한 곳이 없었다.

"상기야, 네가 돌아왔구나! 꿋꿋이 살아왔구나."

"응, 누나. 하늘이 도왔어."

남매는 껴안고 꺼이꺼이 울었다. 전쟁 통에 가족이 모두 살아남은 것은 기적이었다.

그 영화, 내가 만들렵니다!

전쟁은 삼 년 동안 이어졌다. 1953년 봄빛이 찬란한 5월, 남옥은 극작가 이보라와 결혼했다.

"애야, 이제야 내 맘이 놓이는구나. 여자는 모름지기 가정을 꾸리고 사는 게 최고란다."

어머니가 활옷°에 족두리를 쓴 남옥을 보며 기뻐했다. 서른한 살이 되도록 이곳저곳 바깥세상만 휘젓고 다니는 남옥을 보면서 어머니는 내심 걱정이 많았다.

"둘이 사이좋게 살아라."

● 활옷 : 전통 혼례 때 새색시가 입는 예복

아버지도 모처럼 흐뭇한 얼굴이었다.

"영화처럼 행복한 가정을 이루게."

전창근 감독과 영화 관계자들, 대구 친구들이 찾아와 남옥을 축복해 줬다.

남옥과 남편은 부산에 살림을 차렸다. 그런데 전쟁 통에 예술가 부부가 할 만한 일은 없었다. 그렇다고 맥없이 있을 수는 없었다. 먹고살 방법을 찾아야 했다. 남옥은 일거리를 찾아 국제시장이며 영도다리 등을 돌아다녔다.

부산은 전국에서 몰려온 피란민으로 가득했다. 그들의 삶은 너무나 궁핍했다. 특히 아이들이 가장 처참했는데, 부모를 잃고 하루아침에 고아가 된 아이들도 많았다. 아이들은 학교에 가기는커녕 길거리를 떠돌거나 먹을거리를 동냥했다. 얼굴에는 하나같이 슬픔이 깃들어 있었고 퀭한 눈에는 두려움이 가득 차 있었다. 남옥은 아이들 모습이 안타까웠다.

"내가 전쟁으로 상처받은 아이들을 보듬어 주고, 아이들에게 웃음을 찾아 줬으면 좋겠어요."

남옥이 남편에게 말하자 남편이 무심히 말했다.

"가난뱅이인 우리가 무얼 할 수 있겠소. 예술인인 우리의 재능을

활용하면 좋긴 하겠지만……."

"예술인의 재능이라고요?"

남옥은 남편의 말을 듣자마자 한 생각이 번쩍 떠올랐다. 그래서 자신도 모르게 소리쳤다.

"그거예요, 책! 내가 그림책을 만들어야겠어요."

남옥은 어릴 때부터 책을 좋아했다. 책은 현실과는 다른 세계로 남옥을 이끌었고, 남옥은 그 상상 속 세계에서 행복한 시간을 누렸다. 책 속 인물들에게 공감하고 자기 자신을 들여다보면서 마음의 안정을 얻기도 했다. 그러니 책은 전쟁을 겪은 아이들의 마음도 어루만질 게 분명했다. 또 책을 팔면 생활에 보탬이 될 것도 같았다.

남옥은 곧바로 책 만들기에 들어가 그해 겨울에 그림책 《어깨동무》를 완성했다. 김영주 화백이 그린 그림은 아기자기하고 예뻤다. 그림책이 나오는 날, 남옥은 제본소로 달려갔다.

"책이… 왜 이 모양이에요?"

그림책을 보자마자 남옥은 어처구니가 없어서 목청을 높였다. 책은 엉망진창이었다. 인쇄는 제대로 되지 않았고 종이도 가지런히 묶여 있지 않다. 제본소의 기술 부족이었다.

"우리도 어쩔 수 없습니다."

"그렇다고 이대로 팔 순 없어요. 아이들이 읽을 책인데 잘못 만든 책은 안 됩니다."

남옥은 잘못된 부분을 직접 고쳤다. 밤새워 책장을 뜯고 다시 묶었다. 손이 아팠지만 엉성한 책을 출간할 수는 없었다.

그러나 남옥의 책《어깨동무》는 팔리지 않았다. 전쟁은 휴전으로 멈췄지만, 먹고살기도 팍팍한 피란살이였다. 사람들이 그림책을 거들떠볼 리 없었다. 현실을 파악하지 못한 첫 사업은 실패로 끝났다.

다음 해, 남옥은 남편과 함께 서울로 올라왔다. 사람들은 전쟁의 폐허를 딛고 다시 일어서겠다는 결의에 불탔다. 남옥도 행복에 달떴다. 6월에 예쁜 딸을 낳아서였다.

"우리 아기 예뻐라! 새카만 눈은 구슬 같고 쪼끄마한 입은 앵두 같네!"

남옥은 아기가 신기했다. 아주 소중한 보물 같았다. 한편으로는 엄마가 된 자신이 엄청나게 장한 일을 한 것 같아서 흐뭇했다.

남옥이 아기를 들여다보며 손가락을 만지작거릴 때였다. 외출했던 남편이 돌아와 남옥에게 말했다.

"내일 시내 영화관에서 영화가 개봉한다는군."

남편의 말에 남옥이 귀를 쫑긋했다. 전쟁 통이라 몇 년 동안 보지 못한 영화였다. 남옥은 영화가 무척 보고 싶었다.

'어떤 영화일까? 누가 나올까? 이야기가 어떻게 전개될까?'

무엇에 홀린 듯 자꾸 영화만 생각나서, 그날 밤 남옥은 잠을 잘 수 없었다. 한여름 땡볕에서 달리기할 때처럼 갈증이 났다. 영화를 봐야만 사라질 목마름이었다.

이튿날 아침, 날이 밝자마자 남옥은 남편 품에 아기를 안겼다.

"아기 좀 봐줘요. 내가 꼭 갈 데가 있어요."

"어, 어딜 간다는 거요?"

"극장이요. 영화가 보고 싶어서 견딜 수 없어요. 엄마가 된 나에게 영화를 선물하려고요."

남옥은 극장으로 달려갔다. 아기를 낳은 지 사흘 만이었다. 문득 설렘으로 가득한 남옥의 눈앞에 황금빛 보리밭이 일렁였다. 종달새가 하늘 높이 날며 지지배배 노래했다. 남옥의 가슴이 기쁨으로 출렁였다.

며칠 후, 전창근 감독과 영화 관계자들이 남옥을 찾아왔다. 오랜만에 만난 그들은 왁자지껄 웃고 떠들었다. 그때 누군가 말했다.

"우리, 영화 만드는 건 어때?"

"전쟁이 이제 막 끝났는데 영화를 만들자고? 그게 가능할까?"

몇몇이 고개를 갸웃했다. 영화를 제작하기에는 여건이 충분치 않았다. 아직도 많은 영화인이 부산에 있었고, 물자가 부족해 영화 촬영 장비를 구하기도 힘들었다. 또 영화가 완성된다고 해도 먹고살기 힘든 사람들이 영화를 보러 올지 알 수 없었다.

"지금이야말로 영화가 필요한 때야. 슬픔과 절망에 빠진 사람들을 위로해야지!"

"맞아. 그게 영화인이 할 일이니까."

"그렇다면 16mm라도 좋으니 만들어 보세."

남옥과 영화인들은 의기투합했다.

당시 영화는 보통 대표 규격인 35mm 필름을 사용해 만들었다. 그런데 소형 영화나 저예산 영화는 35mm 필름보다 너비가 좁은 16mm 필름을 이용했다. 16mm 필름은 35mm 필름보다 화질이 선명하지 않았지만 가격이 저렴하고 휴대가 편리해서 제작비도 적게 들었다.

"어떤 영화를 만들까?"

"전쟁 이야기를 하면 좋겠어."

"흠… 전쟁미망인®은 어때? 전쟁에 동원된 군인들 중에 목숨을

● 전쟁미망인(戰爭未亡人) : 전쟁으로 남편을 잃은 여자

75

잃은 사람들도 많아서 이번에도 전쟁미망인이 수십만 명이라더군. 그 얘기를 해 보자고!"

"좋은걸. 그런데 누가 영화를 찍지?"

전창근 감독과 영화 관계자들은 서로를 쳐다봤다. 영화를 만들고 싶지만 어려운 작업일 게 뻔하므로 선뜻 용기가 나지 않는 듯했다. 그 순간, 남옥이 외쳤다.

"그 영화, 내가 만들렵니다!"

남옥은 자신에게 기회가 온 것을 직감했다. 자신이 정말 하고 싶은 게 무엇인지 깨달았다. 평생토록 꾸었던 꿈, 완성하고 싶었던 눈사람은 바로 영화를 만드는 것이었다.

"남옥 씨가요?"

모두 놀라서 남옥을 쳐다봤다. 그 눈빛에는 여자가 할 수 있겠느냐는 물음이 담겨 있었다.

"정말 영화감독을 하겠다는 거요?"

"물론이죠."

남옥은 여자라고 못 할 게 있으랴 싶었다. 영화계에는 여자 배우가 있었고, 여자 스태프도 있었다. 또 세계적인 다큐멘터리 영화 〈올림피아〉를 만든 감독도 여자였다.

"당신이 감독을? 아, 안 되오. 아기 낳은 지 보름밖에 안 됐는데, 그 몸으로 어떻게 하겠소?"

남옥의 남편이 펄쩍 뛰었다. 또 안 된다는 말이었다.

남옥은 픽 웃었다. 어떤 반대도 무섭지 않고 어떤 고난도 두렵지 않았다. 이제껏 남옥에게는 된다는 것보다 안 된다는 것이 더 많았다. 투포환도, 미술 공부도, 일본 유학도……. 여자라서 안 되는 것 투성이였다.

'그런데 이제는 엄마라서 안 되다니!'

남옥은 결코 물러설 수 없었다.

"내 걱정은 말아요. 우리나라에도 여성 감독이 한 명쯤은 있어야 하잖아요?"

남옥은 강하게 밀어붙였다. 절대로 물러나지 않겠다는 의지와 할 수 있다는 확신에 찬 모습이었다.

"맞소. 나도 찬성이오. 남옥 씨라면 거뜬히 해낼 거요."

전창근 감독이 손뼉을 치며 웃었다.

"암요, 남옥 씨는 뚝심 있는 여장부니까요."

"남옥 씨의 재능과 열정을 따라올 사람이 없지요."

다른 사람들도 맞장구쳤다.

남편은 잠시 생각에 잠겼다. 남옥의 실력은 누구도 의심할 수 없었다. 촬영소에서 영화 만드는 법을 배웠고, 신문사에서 영화평을 쓰는 기자로 일했고, 전쟁 중에는 영화 촬영과 제작까지 참여했다. 자격이 충분한데 여자라는 이유로 반대할 수 없었다. 남편은 고개를 끄덕이며 남옥에게 말했다.

　　"내가 잘 알지, 당신의 영화에 대한 사랑을. 좋소, 난 시나리오를 쓰리다."

　　그날부터 남옥의 영화 만들기가 시작되었다.

아기 업고 레디, 액션!

　남옥은 곧장 스태프를 모았다. 일본에서 공부하고 온 촬영 기사를 만나고, 배우들을 섭외해 각 역할을 정했다. 여자 주인공으로 선택한 사람은 김신재였다.

　남옥은 김신재의 연기를 좋아했다. 김신재는 청초한 역할부터 밝고 활달한 역할까지 잘했기 때문이었다. 이제 남옥은 자신의 영화에서 김신재의 또 다른 잠재력을 꺼내고 싶었다. 김신재는 전쟁의 상처를 딛고, 자유롭고 당찬 여성으로 변신해 그 역할을 충분히 소화해 낼 것 같았다.

　영화계에서는 감독의 예술성과 작품의 의미를 완벽하게 이해하는 배우, 그래서 감독이 분신처럼 아끼는 배우를 '페르소나'라고 불렀다. 남옥은 김신재가 자신의 페르소나가 되기를 원했다.

남옥은 김신재에게 조심스레 제안했다.

"내가 첫 영화를 만들어요. 내 작품에 출연해 줄래요?"

"좋지! 우리 함께 영화를 만들면 뜻깊은 일이잖아."

남옥의 제안에 김신재가 기꺼이 동의했다. 남옥은 뛸 듯이 기뻤다. 어릴 적 열혈 팬과 스타였던 관계에서 이제 영화감독과 주인공으로 발전한 것이었다. 김신재와 나란히 서겠다는 남옥의 꿈이 이루어지는 것 같았다.

하지만 며칠 뒤, 남옥은 여주인공을 바꿔야 했다. 안타깝게도 김신재의 건강이 나빠져서였다.

"박 감독, 정말 자랑스러워. 분명히 한국 영화계에 획을 그을 작품을 만들 거라 믿어."

김신재는 아쉬워했지만 영화감독이 된 남옥에게 격려의 말을 해 줬다.

김신재의 응원을 받으며 발탁한 새 여주인공은 연기력이 뛰어난 배우 이민자였다. 남자 주인공은 배우 이택균, 여주인공의 딸은 아역 배우 이성주로 정했다.

남옥은 열정이 불타올랐다.

하지만 영화 제작은 첫 단계부터 힘겨웠다. 사람들이 여성 영화 감독을 좋게 보지 않아서였다. 더욱이 남옥의 영화에 선뜻 손을 내미는 투자자도 없었다. 남옥은 제작비를 마련하기 위해 이리 뛰고 저리 뛰었다.

그때 뜻밖의 지원군이 나타났다. 바로 남옥의 작은언니였다. 소식을 들은 언니가 부랴부랴 찾아와 남옥에게 물었다.

"애, 네가 정말 영화를 만들 거니?"

"응. 영화를 만들고 싶어."

"진짜구나! 어릴 때부터 영화에 빠져 살더니, 네가 감독이 되려고 그랬나 보다. 옜다, 이걸로 해 보고 싶은 것 다 해."

언니는 남옥에게 큰돈을 건넸다.

남옥은 가슴이 벅찼다. 믿음처럼 강한 힘은 없었다. 누군가 자신을 믿어 주니 자신감이 솟구쳤다. 누군가 자신의 꿈을 응원해 주니 용기가 샘솟았다. 남옥은 주먹을 불끈 쥐고 다짐했다.

'여성의 아픔과 현실을 예리하게 파고든 걸작을 만들겠어!'

그러자 신기한 일이 일어났다. 퍼뜩 영화의 첫 장면이 신명하게 떠올랐다.

이웃에 이러한 미망인이 있었다. 수렁에 빠졌을 때라도 그는 해바라기였다.

"언니, 이 말 어때? 이 글귀를 영화 첫 장면에 자막으로 넣을 거야."

"음… 해바라기가 빛을 따라 움직이는 것처럼 희망을 가진 여성을 그리겠단 거구나."

"맞아. 새로운 여성의 모습을 보여 주고 싶어."

"그래, 넌 잘할 거야. 틀림없어."

남옥은 든든한 지지자인 언니에게 보답하고 싶었다. 그런 뜻에서 영화사 이름을 '자매영화사'라고 지었다. 이렇게 서른두 살의 남옥은 우리나라 최초의 여성 영화감독이 되었다.

1954년 여름부터 남옥은 촬영에 들어갔다. 촬영 첫날이 밝았다. 촬영장은 활기가 넘쳤다. 스태프와 배우들은 기대와 흥분에 차 남옥을 기다렸다. 그때 한 스태프가 촬영장에 나타난 남옥을 보고 외쳤다.

"감독님, 왜 아기를 업고 왔어요?"

다른 배우와 스태프도 남옥을 보고 화들짝 놀랐다.

"우리 촬영 안 해요?"

그들이 의아한 표정으로 묻자 남옥
은 빙긋 웃으며 대꾸했다.

"안 하긴요. 아기 봐 줄 사람이 없
어서 데려왔어요. 자, 시간이 없는데
빨리 준비합시다!"

남옥이 태연하게 메가폰˙을 잡았다.

그 모습에 사람들은 할 말을 잃었다. 도무지 믿기지 않는 상황이
었다.

"아니, 아기를 업고 촬영하겠단 거예요?"

스태프가 다시 묻자, 남옥은 또다시 태평스레 대답했다.

"네! 안 될 거라도 있나요?"

태어난 지 백 일도 안 된 아기를 업고 촬영한다는 말에 배우와
스태프들은 기가 막혔다. 그들은 아기가 아플까 봐 걱정되었다. 또
아기 때문에 영화 작업이 방해받을까 봐 염려되었다. 그것을 눈치
챈 남옥이 그들에게 말했다.

"난 남자도 힘들어하는 국방부 촬영대에서 활동한 사람이에요.

˙ 메가폰(Megaphone) : 음성이 멀리까지 들리게 하기 위하여 입에 대고 말하는, 나팔처럼
　　　　　　　　　　 만든 기구

그러니 염려 마세요. 끄떡없으니까요."

"물론 감독님이야 믿죠. 하지만 아기가 고생하잖아요. 이 더위에 어떻게 견디겠어요?"

"우리 아기는 날 닮아 건강해요. 아주 순둥이여서 보채지도 않아요."

고집불통 박남옥을 이길 사람은 아무도 없었다. 다들 말리기는커녕 오히려 그녀의 강한 의지에 고개 숙일 뿐이었다.

"어휴, 감독님의 집념을 누가 꺾겠어요. 차라리 우리가 함께 아기를 돌봅시다."

"그래요. 아기랑 같이 영화를 만들자고요."

"촬영하지 않는 배우나 스태프가 돌아가면서 보살핍시다. 우린 전쟁도 겪은 사람들이니 해낼 수 있을 겁니다."

"암요, 그렇고말고요."

배우와 스태프들이 한뜻이 되었다. 아기도 좋은지 방실거렸다. 남옥은 감독 자리에 앉았다.

"그럼 첫 장면부터 찍읍시다! 스태프, 배우, 모두 준비됐지요?"

"네!"

"좋아요. 레디, 액션!"

남옥이 힘차게 외쳤다. 종로 판잣집 세트장에서의 첫 촬영은 순조롭게 출발했다.

그러나 영화 촬영은 만만치 않았다. 점심때가 되면 남옥은 뭘 먹어야 할지 걱정이었다. 영화 스태프가 열다섯 명이나 되었는데, 점심을 챙기는 것이 보통 일이 아니었다. 그렇다고 날마다 음식을 시켜 먹을 수는 없었다.

제작비를 한 푼이라도 아끼기 위해 남옥은 새벽 시장에 장을 보러 다녔다. 장마철이라 비는 시도 때도 없이 와서 시장 골목은 몹시 미끄러웠다. 무거운 장바구니를 들고 올 때는 식은땀이 흘렀다. 자칫 넘어지면 장바구니가 쏟아지는 것도 문제이지만, 아기가 다칠까 봐 아찔했다. 그렇게 시장에서 무, 시금치, 생선, 된장 등을 사 오면 아침부터 기운이 쭉 빠졌다. 감독으로서 남옥이 감당할 몫이 너무나 벅찼다.

'도와줄 사람이 있으면 좋을 텐데……. 영화 촬영에만 집중할 수 있으면 좋을 텐데…….'

남옥은 하루에도 몇 번씩 아쉬운 생각이 들었으나 하나씩 차근차근 해결해 나갔다.

사실 어릴 적 운동선수로 활약했던 것이 영화감독을 하는 데에

큰 도움이 되었다. 고도의 집중력이 필요한 영화 촬영과 스태프 뒷바라지에는 강한 체력이 있어야 했다. 다행히 남옥은 운동으로 다져 놓은 체력이 있었으므로 현장에서도 흔들리지 않고 나아갈 수 있었다.

"우리 점심 먹고 촬영합시다. 내 요리 솜씨가 부족해도 맛있게 먹어 줘요."

"그럼요. 뚝딱뚝딱 만드는 솜씨가 보통이 아니십니다."

남옥의 정성을 아는 배우와 스태프들은 점심밥을 맛있게 먹었다. 남옥은 불평 한마디 없는 사람들이 고마웠다. 열악한 환경에도 영화를 사랑하는 마음으로 똘똘 뭉친 영화인들이었다.

촬영은 여름 내내 이어졌다.

"레디, 액션!"

아기 업은 남옥이 메가폰을 잡고 힘껏 외치면, 배우들은 각자 맡은 역할을 완벽하게 연기했다. 촬영장은 숨소리조차 들리지 않았다. 스태프도 촬영에 집중하고, 아기도 칭얼대지 않았다. 남옥은 배우들의 연기를 매섭게 지켜봤다. 연기자끼리의 호흡, 대사와 감정선, 표정 연기, 몸동작 등 어느 것도 소홀히 넘기지 않았다.

"오케이, 컷!"

남옥은 섬세한 눈길로 영화를 만들어 갔다.

"성주야, 잘했어. 이번엔 엄마에게 떼쓰는 장면을 찍자."

하루는 남옥이 맛깔스럽게 연기한 아역 배우를 칭찬할 때였다.

"박 감독, 정말 대단하군!"

촬영장에 선배 감독이 찾아왔다. 선배 감독은 열기가 넘치는 촬영 현장을 보고 혀를 내둘렀다.

"박 감독, 자네가 자랑스럽네. 전쟁이 끝난 지 겨우 일 년인데, 온갖 악조건을 헤쳐 나가는 자네가 존경스러워."

"고맙습니다, 선배님. 시나리오 콘티를 짰는데 한번 봐 주시겠어요?"

남옥은 선배에게 시나리오 콘티를 내밀었다. 영화의 설계도인 콘티에는 대사 내용부터 촬영 각도까지 영화를 찍기 위해 준비한 내용이 담겨 있었다.

"흠, 콘티는 아주 좋군. 촬영 감독과 함께 배우들의 동선을 맞춰 보게. 내가 한번 봐 줌세."

"알겠습니다."

그 즉시 남옥과 스태프들은 촬영 준비에 몰두하고, 배우들은 극 중 인물에 몰입했다.

#1. 집 앞 골목길

주가 심통이 잔뜩 난 표정으로 골목에 서 있다. 주는 해바라기 꽃무늬가 있는 원피스를 입고 검정 고무신을 신었다. 오른손에는 천으로 만든 가방을 들었다. 카메라는 주의 모습을 전체적으로 비추다가 점점 얼굴을 클로즈업한다. 눈을 끔뻑거리던 주가 눈물을 흘린다. 느리고 잔잔한 음악. 카메라가 앞집 벽을 따라 오른쪽으로 이동한다. 아침 햇빛도 카메라를 따라 어둠에서 밝은 빛으로 변한다. 카메라가 나무 대문을 비추자 문을 열고 신자가 나온다. 신자는 짧은 파마머리에 삼베 치마저고리 차림이다.

신자 (속이 상한 말투로 주에게) 왜 학교에 안 가고 섰니? 응?

카메라가 다시 주의 심통 난 얼굴을 비춘다.

주 (몸은 움직이지 않은 채 머리카락이 날리도록 고개만 휙 돌아봤다가
제자리로)

신자 (짐짓 화난 목소리로 발을 쿵 구르며) 어서 썩 안 갈 테냐?

주 (몸은 움직이지 않은 채 신자에게 얼굴만 돌리고 뾰로통한 목소리로
대꾸한다.) 돈 안 갖고는 오지 말랬어.

신자 (주에게 다가온다. 신자가 서서 주를 내려다본다. 타이르는 목소리
로) 내일 꼭 줄 테니 어서 가.

"컷!"

그때, 남옥이 외쳤다.

남옥의 외침에 모두 동작을 멈췄다. 남옥은 여주인공과 아역 배우 곁으로 다가갔다.

"이 장면은 좀 바꿔야겠어. 엄마가 아이를 내려다보면서 말하는 건 딱딱해 보여. 좀 더 다정한 모습이 필요해."

"어떻게요?"

"음… 엄마가 아이에게 다가와 아이 눈높이에 맞게 앉는 거야. 그런 다음 아이의 어깨를 잡고 아이를 다정스레 쳐다보며 말하는 거지. '내일 꼭 줄 테니 어서 가.' 하고 말이야."

"좋은데요. 돈을 주지 못하는 안타까움과 엄마의 사랑이 더 잘 드러나는 것 같아요."

여주인공이 고개를 끄덕였다.

"네, 감독님. 저도 엄마 마음을 알겠어요."

아역 배우도 덩달아 고개를 끄덕였다.

"그래, 똑똑하구나. 자, 다시 합시다. 배우들은 제자리로 가고 카메라도 위치 삽으세요."

남옥의 지시에 따라 모두 재빠르게 움직였다. 다시 남옥이 큰 소리로 외쳤다.

"레디, 액션!"

신자 (주에게 다가와 무릎을 구부리고 앉는다. 주와 신자가 서로 쳐다본
다. 주보다 신자의 눈높이가 낮다. 주를 타이르는 목소리로) 내일 꼭
줄 테니 어서 가.

주 (신자에게 몸을 휙 빼 돌면서 화난 목소리로) 싫어!

신자 (주를 살짝 밀며) 정 안 갈 테야?

주 (신자 얼굴을 보더니, 고개를 푹 숙인다.)

신자 (다시 주를 달래며) 어서 가, 응?

주 (고개를 숙인 채 터벅터벅 걸어간다.)

신자 (주를 보며 눈시울을 붉힌다.) 그놈의 학교는 툭하면 돈이야.

고개를 숙인 채 골목길에서 멀어져 가는 주. 왼쪽 집의 그림자가 골
목길 반을 드리웠고, 오른쪽 집의 담은 햇살을 받아 환하다. 주가 뒤
돌아 신자를 본 뒤에 다시 걸어간다. 카메라는 눈물이 그렁그렁한
신자의 얼굴을 클로즈업한다.

신자 (한숨을 길게 쉬고 눈물을 닦는다. 그러고는 표정을 밝게 하면서 주
에게 외친다.) 주야! 이번 일요일에 뚝섬에 놀러 가자, 응?

주 　 (휙 돌아 신자에게 달려오면서 밝은 목소리로) 오렌지 주스도 사 갖
　 　 고, 엄마!

　 　 주가 신자에게 점점 더 가까이 뛰어온다.

신자 　 (목소리만 들린다.) 그럼!

　 　 주가 신이 나서 뒤돌아 학교로 달린다. 주를 하염없이 바라보는 신
　 　 자. 경쾌한 음악이 흐르고, 깡충깡충 뜀박질하며 골목길을 빠져나가
　 　 는 주.

　 "박 감독, 정말 좋군. 엄마와 아이의 따스한 사랑이 느껴지는 장
면이야. 내가 알려 줄 게 전혀 없는걸. 오히려 내가 배워야겠어. 허
허허!"

　 선배 감독이 남옥을 추켜세웠다.

　 조금 뒤, 선배 감독이 촬영장을 떠나며 핼쑥한 남옥을 보고 안쓰
러운 듯이 타일렀다.

　 "영화도 중요하지만, 박 감독과 아기가 우선이야. 건강 조심하게
나!"

"네, 알겠습니다."

그의 따뜻한 충고에 남옥이 씩씩하게 대답했다. 하지만 속으로는 이렇게 말대꾸했다.

'선배님, 내 건강은 문제없어요. 난 지칠 줄 모르는 강철 인간이거든요. 저 학생일 때 선수였어요. 난파선을 타고 대한 해협까지 건너 봤다고요. 하하하!'

히룻강아지 범 무서운 줄 모르고 남옥은 큰소리를 땅땅 쳤지만, 촬영은 갈수록 힘겨워졌다.

7월 말, 뚝섬으로 촬영 갔을 때였다. 나룻배를 타고 강을 건너자 별천지 같은 언덕이 나왔다.

"날씨가 맑고 풍경도 좋으니 촬영하기에 맞춤이에요."

스태프들이 소풍 나온 것처럼 흥겨워했다.

"감독님, 찍는 컷마다 명장면이겠어요."

배우들도 즐거워했다. 남옥도 흐뭇한 마음으로 촬영 장소를 찾았다. 그런데 갑자기 눈앞이 새하얘지면서 하늘이 뱅글거렸다.

"앗!"

짧은 비명을 뱉으며 남옥이 비틀거렸다. 뙤약볕에 눈이 부시고 기운을 차릴 수 없었다.

아기도 별 탈이 없었고, 영화 진행비도 넉넉해 걱정 없었다. 그렇지만 남옥의 몸이 이상했다. 6월에 아기를 낳은 후 쉬지 못한 후유증이었다. 한 달 넘게 새벽 장을 보며 열다섯 명의 점심까지 차리고 감독, 제작자 일까지 하느라 지친 거였다. 남옥은 그제야 자신을 소중히 여겨야 목표를 향해 나아가는 것도 다른 사람과 함께하는 일도 충실히 할 수 있다는 사실을 깨달았다.

그날로 남옥은 많은 것들을 바꿨다. 건강하다고 자만했던 마음을 버리고 점심도 사흘에 한 번씩은 중국 음식으로 해결했다. 그렇게 하니 조금은 살 것 같았다. 영화 촬영에도 더 몰입할 수 있었다.

"레디, 액션!"

촬영 현장을 가르는 남옥의 목소리가 쩌렁쩌렁했다.

그깟 영화가 뭐기에!

서울 촬영이 끝나자 남옥과 촬영 팀은 부산으로 촬영을 떠났다.

"피란지였던 부산에 다시 가니 기분이 묘한걸."

"꿈만 같지? 나도 전쟁이 났을 때는 영화를 영원히 못 찍을 줄 알았어. 이런 날이 올 줄은 상상조차 못 했지."

배우와 스태프는 한껏 들떠 떠들어 댔다.

남옥은 국제시장 근처에 숙소를 정한 후, 영화 촬영 장소를 찾아다녔다. 피란민과 전쟁고아들로 번잡했던 부산은 차츰 안정을 되찾고 있었다. 촬영은 사흘 뒤부터 시작할 참이었다. 그런데 비가 쏟아지는 바람에 이틀을 미뤘다. 하루만 연기해도 제작비가 늘어나는 터라 남옥은 속이 끓었다.

비는 부산에 내려온 지 닷새째 되는 날 아침에야 그쳤다.

"빨리 나갑시다. 며칠 동안 밀린 분량을 찍으려면 서둘러야 해
요."

남옥이 바삐 촬영을 준비했다. 그런데 스태프가 난처한 듯 머리
를 긁적였다.

"감독님, 오늘도 촬영을 못 할 것 같습니다. '영남예술제'에서 빌
려 간 촬영기가 아직 돌아오지 않았습니다."

"아니, 하루만 쓴다고 가져갔잖아요. 근데 사흘이 되도록 안 왔
단 거예요?"

남옥은 어이가 없었다. 진주에서 문인들이 행사를 열었는데, 촬
영기를 빌려 가서 계속 쓰는 모양이었다.

"그게… 행사를 기록할 욕심에 하루 이틀 미루나 봅니다."

"하긴 이북에서 피란 온 문인들까지 참석했다니 그럴 만하겠군
요."

그렇다고 하염없이 기다릴 수는 없었다. 누군가 진주로 가서 촬
영기를 가져와야 했다.

"제가 찾아오겠습니다."

남옥이 난처한 표정을 짓자, 스태프 한 명이 나섰다.

"아니에요, 내가 직접 갔다 올게요."

남옥은 급히 손사래를 쳤다. 다른 사람이 가면 늦어질 게 뻔했다. 예술제에 참여하고, 문인들과 만나고, 진주 구경을 하느라 최소한 사나흘은 걸릴 터였다.

"내가 하루 안에 다녀올게요. 여러분은 촬영 준비를 해 놓고 기다리세요."

"안 됩니다, 감독님! 그 먼 길을 감독님이 어떻게 갑니까?"

"그것도 아기까지 데려가면서요. 제발 다른 사람을 보내세요."

스태프는 물론이고 배우들까지 나서서 남옥을 말렸다. 하지만 남옥은 의지를 꺾지 않았다. 진주에 가 본 적도 없고 거리가 얼마쯤 인지도 몰랐지만 남옥은 막 백일이 지난 아기를 업고서 진주로 향했다.

진주는 예술제가 열려서인지 도시 전체가 떠들썩했다. 남옥은 예술제 주최자를 만나자마자 볼멘소리를 퍼부었다.

"도대체 약속을 어기면 어떡합니까? 촬영기가 오지 않아서 우리 스태프 이십여 명이 놀고 있지 않습니까?"

"박 감독, 미안합니다. 먼 길을 왔는데 잠시 쉬었다 가시지요."

그가 정중히 사과하며 촬영기를 돌려주었다.

"아닙니다, 쉴 시간이 없어요."

남옥은 곧장 진주역으로 갔다. 올 때는 버스로 왔지만 갈 때는 기차가 더 빠를 것 같았다.

기차역은 난장판이었다. 큰 짐을 이고 진 사람들이 길게 서 있고, 기차를 타려는 사람들과 내리려는 사람들로 뒤엉켜 있었다. 이런 상황이니 기다리는 줄은 조금도 줄어들지 않았다.

남옥은 한참 만에 기차에 가까스로 올랐다. 하지만 통로가 꽉 막혀 안으로 들어갈 수 없었다. 세 명씩 앉는 좌석에도 이미 네댓 명씩 포개 앉아 있었다. 남옥은 좌석과 좌석 사이의 비좁은 공간에 섰다. 발조차 편하게 딛지 못한 채 끼었으므로 옆 사람이 움직이면 덩달아 밀렸다.

"에잇, 밀지 말아요."

"그냥 좀 같이 갑시다."

사람들이 짜증스레 목소리를 높였다. 그때마다 더운 입김이 훅훅 끼쳤다. 남옥은 기차가 출발하기도 전에 땀이 줄줄 흘렀다.

기차는 진주와 마산 간 완행열차[•]였다. 전쟁이 끝난 후라 식량을

━━━━━━━━━━━━━━━━━━━━━━━━━━━━━━━━━━
• 완행열차(緩行列車) : 빠르지 않은 속도로 달리며 각 역마다 서는 열차

구하려는 사람, 돈벌이에 나선 장사꾼, 일거리를 찾아 가는 사람들로 가득했다. 그들은 짐이 하도 많아서 기차가 역에 설 때면, 타고 내리는 데만 삼사십 분씩 걸렸다.

"비켜요, 비켜! 좀 내립시다."

"여기, 짐 받아요. 던집니다."

"내 짐을 올려 주시오."

그때마다 남옥은 짐에 부딪히고 사람들에게 밀려 짜부라질 듯했다. 남옥은 아기가 다칠까 봐 걱정스럽기도 했고, 촬영기가 다른 사람의 짐에 딸려 갈까 봐 조마조마했다. 한바탕 난리 치고 나면 빈자리가 생길까 싶었으나 무슨 영문인지 기차 안은 더 빽빽해졌다. 남옥은 갈수록 다리가 저려서 견딜 수 없었다. 촬영기와 기저귀 가방을 든 팔도 끊어질 듯했다. 몸을 움직이지 못하니 아기도 챙길 수 없었다.

'버스를 탈걸……'

기차를 탄 것은 크나큰 실수였다. 뒤늦게 잘못된 선택임을 깨달았으나, 후회해 봤자 소용없는 일이었다.

완행열차가 마산에 반쯤 왔을 때였다.

"으앙! 으앙!"

아기가 갑자기 서럽게 울어 댔다. 날씨는 후텁지근하고 기차 안 공기는 탁했다. 게다가 아기는 몇 시간째 업혀 있었다. 그러니 아기가 충분히 울 만했다. 평소에는 보채지 않는 순둥이라서 신기했는데, 아기도 지친 것 같았다.

"아가, 울지 마. 응? 괜찮아. 우리 아기, 괜찮아."

남옥은 아기를 다독이려 했다. 하지만 손을 움직일 수 없었다. 한 손에는 기저귀 가방을 들고 한 손에는 촬영기를 든 데다 자리가 너무나 비좁았다.

"으아앙! 으아앙!"

아기 울음소리가 점점 커졌다.

"에구, 자리에 앉으면 좋으련만."

아주머니들이 안쓰럽게 아기를 쳐다봤다. 주위 사람들은 아기 울음소리를 못 들은 척해 줬다. 그러나 아기가 울음을 멈추지 않자 여기저기서 불평이 터졌다.

"에잇, 시끄러워."

"아줌마, 애 좀 달래 봐요. 그

렇게 울어 대게 놔둘 거요?”

남옥은 진땀이 흘렀다. 아기가 칭얼대도, 사람들이 화내도, 남옥이 할 수 있는 게 없었다. 계속 보채는 아기가 미워서 엉덩이라도 확 꼬집고 싶었다. 그러다 남옥은 흠칫 놀랐다.

‘내가 지금 무슨 생각을 하는 거지? 그깟 영화가 뭐기에!’

순간 눈물이 왈칵 쏟아졌다. 사실 아기는 쾌적한 방에서 마음껏 먹고 자야 했다. 그런데 영화를 만드는 엄마 때문에 괜히 고생하고 있었다.

‘영화를 포기해야 할까? 영화 만드는 걸 멈춰야 할까?’

그 생각이 스치자 남옥은 기운이 빠졌다. 팔다리에 감각이 없어지고 정신조차 가물거렸다.

그때였다. 아기가 신기하게 울음을 뚝 그쳤다. 그러고는 마치 남옥을 위로하듯이 포동포동한 얼굴을 등에 파묻더니, 잠시 후 쌕쌕 잠이 들었다. 평온한 아기의 숨소리를 들으며 남옥은 약속했다.

‘아가! 엄마가 영화를 꼭 완성할게. 너랑 나랑 합작품이니까 잘 만들게.’

뿡뿡! 기차가 기적을 울렸다. 마치 아기 대신 큰 소리로 대답하는 것 같았다. 기차는 일곱 시간 동안 달렸다.

102

며칠 뒤, 햇볕이 쨍쨍한 날이었다. 남옥은 부산의 가덕도로 촬영을 나갔다. 촬영지는 모래밭이 넓게 펼쳐진 해안가였다. 그곳은 배에서 내려 소나무와 바위가 뒤엉킨 언덕을 올라갔다가 가파른 비탈길을 내려가야 있었다.

"감독님, 길이 험합니다. 조심해서 내려오세요."

앞서가던 스태프가 외쳤다.

"내 걱정은 말고, 다들 다치지 않게 가세요. 장비 잘 챙기고요."

남옥도 큰 소리로 외쳤다.

그러나 남옥은 아직 진주 완행열차의 악몽에서 벗어나지 못한 상태였다. 내리막길을 내려가는데 진땀이 흘렀다. 촬영 도구와 기저귀 가방을 들고 있느라 몸의 균형도 맞지 않았다. 스태프와 다른 배우에게 짐을 맡길 수도 없었다. 그들도 촬영 장비를 한가득 들고 지고 있었다. 남옥은 한 발 한 발 조심스럽게 내려갔다.

"악!"

어느 순간이었다. 남옥의 몸이 기우뚱하더니 주르륵 미끄러졌다. 정강이가 뾰족한 바위에 부딪히면서 외마디 비명이 절로 나왔다. 살이 찢어지는 고통이 파고들었다. 그래도 남옥은 발딱 일어났다.

"아가, 괜찮니?"

다행히 아기는 다치지 않았다. 스태프들도 알아채지 못한 듯했다. 남옥은 절뚝거리며 촬영을 강행했다.

하얀 모래사장은 유리 가루를 뿌린 것처럼 빛났다. 철 지난 연분홍 갯메꽃이 드문드문 피어 있었다. 남옥은 촬영지가 마음에 들었다. 사랑하게 될 연인이 처음 만나는 장소로 훌륭했다.

"자, 중요한 장면이니 집중합시다! 남녀 주인공이 만나는 장면입니다."

촬영은 매끄럽게 이어졌다. 바닷가 풍경으로 바뀌는 장면은 쏴아 쏴아 파도치는 소리로 시작했다. 그런 뒤에 파도가 잔잔히 밀려오는 해안을 자박자박 걷는 여자의 발걸음을 클로즈업해 찍었다. 양산을 쓰고 걷는 여인의 뒷모습과 물장난치는 사내아이들을 멀찍이 찍어서 해수욕장의 분위기를 한껏 드러냈다.

그다음 장면은 사뭇 다른 분위기를 나타낼 차례였다. 여주인공의 딸이 물에 빠지는 위험한 장면을 암시하는 거센 파도였다.

"배우들은 잠시 쉬고 있어요. 촬영 감독은 나와 저 위쪽 절벽에 올라갑시다. 이곳은 해안가라서 파도가 잔잔하지만, 저쪽은 파도가 거칠 거예요."

남옥과 촬영 감독은 멀리서 몰려오는 파도를 찍고, 해변에 바짝

엎드려서 흰 거품이 이는 파도를 찍었다. 그런 뒤에 하늘에 먹구름이 끼자마자 재빨리 촬영했다. 거친 파도가 몰려오고 하늘에 먹구름이 낀 배경은 다가올 위험을 예고하기에 딱 맞춤이었다. 나중에 긴박한 음향을 넣으면 위급한 상황이 더 효과적으로 드러날 것 같아서 남옥은 흡족했다.

촬영 감독과 배경 장면을 촬영한 남옥은 배우들이 쉬는 해안가로 다시 가서 외쳤다.

"이번에는 아이가 바다에 빠지는 장면이에요. 안전이 제일이니, 모두 정신 바짝 차리세요. 아역 배우는 물에 들어가 수영합니다. 레디, 액션!"

남옥은 가덕도 바닷가에서 영화의 주요 장면을 마음껏 카메라에 담았다. 그렇게 한 컷 한 컷이 채워져 영화가 완성되고 있었다.

얼마 뒤, 영화 촬영이 모두 끝났다. 남옥은 흐뭇했다. 가슴속 뜨거운 햇덩이가 하늘을 가르고 나아가 쿵! 떨어지는 소리가 들렸다. 마치 신기록을 세운 기분이었다.

"감독님, 대단하세요. 처음엔 아기를 업고 와서 걱정했는데, 결국은 해내셨어요."

여자 주인공을 맡았던 이민자가 남옥의 손을 잡았다.

"감독님의 연출력에 감동했습니다. 다음 작품도 함께하고 싶은데, 또 불러 주실 거죠?"

남자 주인공을 맡았던 이택균이 너스레를 떨었다. 말투는 장난스러웠으나 진심이 담겨 있었다. 촬영 현장을 막힘없이 진두지휘하고, 배우의 연기를 최대한 끌어내고, 생생한 장면을 포착하는 남옥의 실력은 누구든 인정할 수밖에 없었다.

남옥 또한 함께한 배우들이 고마웠다. 영화는 혼자 하는 직업이 아니었다. 스태프, 배우, 감독이 같이 웃고, 같이 울고, 같이 고생하며 만드는 예술 작품이었다. 한 편의 영화에는 많은 사람의 땀과 열정이 깃들어 있었다. 남옥은 그것이 관객의 마음을 사로잡는 힘이라고 생각했다.

영화 〈미망인〉

이제 남은 것은 후반 작업이었다. 영상을 편집하고, 필요한 음악과 효과음을 입히고, 자막까지 넣어야 비로소 한 편의 영화가 완성되었다. 남옥은 영화를 편집하기 위해 빈 한옥을 얻었다. 12월 맹추위가 몰아쳤으나 쉴 틈이 없었다.

"어휴, 으슬으슬 춥고 몸이 안 좋은걸."

"어떡해요. 감독님과 아기가 추위를 견뎌야 할 텐데요."

남옥이 몸을 떨자 편집 스태프가 한걱정했다.

"일주일만 지내면 돼. 그동안 무슨 일 있겠어?"

남옥은 대수롭지 않게 흘러 넘겼다. 그런 다음 아궁이에 군불을

넉넉히 지폈다. 그런데도 그 집은 오랫동안 쓰지 않아서인지 하루가 지나도록 따뜻해지지 않았다. 남옥은 아기에게 옷을 잔뜩 껴입혔다. 이번에도 순둥이 아기는 잘 먹고 잘 잤다. 그 덕분에 남옥은 작업에 열중할 수 있었다.

한옥에 들어간 지 사흘째 되던 날 밤이었다. 아기를 안던 남옥은 기겁했다.

"아가아, 왜 그러니?"

아기 몸이 불덩어리였다. 아기가 끙끙 앓는 소리를 냈다. 한여름에도 남옥의 등에 업혀 촬영장을 누빈 아기였다. 여기저기 휘젓고 다녀도 끄떡없던 아기였다. 그런데 아기의 상태가 심상치 않았다. 남옥은 덜컥 겁이 났다. 한밤중이라 병원에 갈 수도 없었다.

"아가, 아프지 마라. 우리 아기, 아프지 마라."

남옥은 아기를 꽉 끌어안았다. 얼마나 아프면 끙끙거리는 것인지, 이러다 아기가 잘못되는 것은 아닌지 자꾸만 불길한 생각이 파고들었다. 남옥은 아기 볼에 자신의 볼을 비볐다. 눈물이 하염없이 흘러내렸다.

기나긴 밤이 지나 마침내 새벽빛이 밝아 왔다. 밤새도록 아기를 껴안고 있던 남옥은 병원으로 달렸다.

"선생님, 아기가 아파요! 우리 아기 좀 살려 주세요!"

남옥이 헐레벌떡 들어가 외쳤다.

"조금만 늦었으면 폐렴에 걸릴 뻔했어요. 약 먹으면 괜찮아질 겁니다."

아기를 진찰한 의사가 말했다. 그제야 남옥은 마음을 놓았다.

아기를 돌보는 바람에 편집은 예정했던 것보다 늦어졌다. 12월 중순에야 편집을 마친 남옥은 녹음실로 향했다. 영상에 맞추어 대사, 음악, 효과음 등을 넣는 후시 녹음을 할 차례였다.

남옥은 영화가 완성된다는 기대감에 발걸음이 가뿐했다. 영화를 처음 시작할 때는 까마득했는데 어느새 끝이 보였다.

"내가 영화를 만들었는데요. 녹음을 할 수 있을까요?"

"아주머니가 영화를 만들었다고요? 영화 녹음을 하겠단 말이죠?"

녹음실 직원은 아기를 업고 나타난 남옥을 보고 깜짝 놀랐다.

"네. 가능하지요?"

"아뇨. 날짜를 잡아 줄 수 없어요. 연말이라 일이 밀렸거든요."

녹음실 직원은 웬일인지 떨떠름한 표정으로 말했다. 한껏 기대에 찼던 남옥은 맥없이 돌아섰다.

다음 날, 남옥은 다시 집을 나섰다. 함박눈이 펑펑 쏟아졌다. 눈발이 휘날려 앞을 헤쳐 나가기가 어려웠다. 길은 미끄럽고 골목에는 눈이 쌓여 무릎까지 빠졌다. 그래도 남옥은 눈보라를 뚫고 녹음실을 찾아갔다.

"어허, 안 된다니까요. 나중에 날짜가 비면 연락할게요."

첫날에 이어 또 거절이었다. 그렇다고 가만히 앉아서 기다릴 순 없었나. 이튿날, 남옥은 또다시 눈길을 걸어가서 물었다.

"언제쯤 비는데요? 귀띔이라도 해 주세요."

남옥의 집념에 녹음실 직원은 혀를 내두르며 대꾸했다.

"올해는 불가능요. 그러니 헛수고하지 말아요."

녹음실 직원이 푸대접해도 남옥은 날마다 찾아갔다. 어느 날 갑자기 취소된 녹음 작업이 생길지 몰랐다. 그때 기회를 잡아야 했다. 남옥은 번번이 허탕을 쳤으나 발걸음을 멈추지 않았다.

"며칠간 오지 마세요. 크리스마스라 쉴 겁니다."

어느새 한 해가 지났다. 남옥은 설 연휴가 끝나자마자 녹음실로 달려갔다.

"지금은 16mm 작품을 녹음할 수 없어요. 작업할 35mm 영화가 수두룩하거든요."

이번에는 거절하는 대답이 바뀌었다. 돈벌이가 안 되는 소형 영화에 대한 차별이었다. 직원의 핑계에 남옥은 씁쓸히 돌아섰다. 그때였다. 녹음실 직원들이 서로 수군덕거렸다.

"에잇, 왜 자꾸 찾아오는 거야."

"그러게. 새해 초부터 여자 작품을 누가 녹음해? 재수 없게 말이야!"

남옥은 우뚝 멈췄다. 남옥을 내쫓은 진짜 이유는 여자와 일하면 재수 없다는 편견 때문이었다. 아직도 세상은 여자라서 안 되는 게 많았다. 남옥은 화가 치밀었다. 당장 녹음실 직원들에게 "이 못된 졸장부들아!" 하고 대들고 싶었다. 하지만 이내 고개를 저었다. 스태프와 배우들이 반년 동안 고생했는데 한순간에 물거품으로 만들 수는 없었다. 남옥은 꾹 참고 녹음실을 나왔다.

"흥, 그런다고 내가 기죽을 줄 아냐? 어림없지. 난 끄떡없다!"

골목에 선 남옥은 녹음실을 향해 힘껏 외쳤다.

다음 날도, 그다음 날도, 남옥은 녹음실을 찾아갔다. 치맛자락이 닳도록 들락거렸다. 그러면서 여자가 할 일은 정해져 있다고 생각하는 사람들과 맞섰다. 여자도 무엇이든 할 수 있으며, 그것을 증명할 기회를 남자와 똑같이 달라는 요구였다.

마침내 1월 중순에야 녹음 작업을 시작할 수 있었다. 마지막으로 자막을 넣으면서 남옥의 첫 영화 〈미망인〉이 완성되었다.

"감독님, 드디어 후반 작업이 끝났어요."

"정말 축하합니다."

영화가 완성된 날, 배우들과 스태프들이 다 함께 기뻐했다.

남옥은 가슴이 먹먹했다. 영화에 대한 사랑과 열정으로 한 편의 작품을 만들어 냈다. 불가능은 없었다. 힘들어도 달리고 달리면 목적지에 닿았다.

"여러분이 애써 준 결과입니다."

남옥은 그들에게 진심을 전했다.

한창 기쁨에 취해 웃고 떠들 때였다. 남옥의 시선이 치마 끝에 멎었다. 검은색 치맛자락이 나달나달 찢어져 있었다. 남옥은 고개를 갸웃하다 픽 웃었다.

"내가 녹음실 계단을 수없이 오르내렸더니 치맛단이 해졌네."

"에휴, 감독님답군요. 그런데 치마를 입고 벗을 때 못 보셨나요?"

치맛단을 본 배우 이민자가 놀라서 말했다.

"응. 한 가지에 몰두하면 그것밖에 몰라서 그래."

"그래도 그 치마는 좀 심했어요."

남옥과 이민자는 깔깔깔 웃었다.

1955년 4월 초, 영화 〈미망인〉이 서울 중앙극장에서 개봉했다. 〈미망인〉은 전쟁이 끝난 뒤의 어려운 현실에서도 한 여인이 자신의 힘으로 당당하게 살아가는 이야기였다.

'사람들 반응은 어떨까? 내 영화를 좋아할까?'

남옥은 가슴이 두방망이질했다.

남옥은 아기를 업고 하루에 두 번 극장에 찾아갔다. 관객의 반응을 보기 위해서였다. 첫날, 극장 안은 빈자리가 없었다. 남옥은 관객들 틈에 있다가 아기가 꼼지락거리면 재빨리 밖으로 나왔다. 관객들이 영화를 보는 것을 방해하고 싶지 않았다.

"재미있는걸. 여성 감독이 만들었다더니 확실히 섬세한 느낌이야."

"난 등장인물들의 발걸음을 보여 주는 장면이 인상적이었어. 어떻게 다리만 카메라에 잡을 생각을 했지? 대단해."

"맞아. 그 카메라 각도는 신선했어."

영화를 본 관객들의 평가는 괜찮았다. 신문에 실린 영화평도 극찬이었다.

'꿈일까, 진짜일까.'

남옥은 꿈꾸는 듯한 표정으로 극장 뒷골목을 거닐었다. 영화감독이 된 것이, 자신의 영화가 상영되는 것이 믿기지 않았다. 어릴 때부터 영화배우를 좋아하고 영화를 수없이 봤지만 이전과는 전혀 다른 느낌이었다. 성취감일까, 뿌듯함일까. 벅찬 감동에 남옥은 하늘로 붕 뜨는 것 같았다. 달콤한 꿈 같은 사흘이었다. 가장 아름답고 황홀한 시간이었다.

그런데 영화가 상영한 지 나흘째 되던 날이었다. 남옥이 극장에 갔을 때, 극장 관계자가 뜻밖의 얘기를 꺼냈다.

"박 감독, 영화를 그만 내려야겠어요. 관객이 더 이상 오지 않아."

남옥은 고개를 끄덕였다. 남옥도 이미 알고 있었다. 관객 수가 눈에 띄게 줄어들고 있었다.

"저 영화, 여자가 만들었대. 우리 보러 갈까?"

"에잇, 여자가 만들었으면 얼마나 잘 만들었겠어? 별로일 게 뻔해. 다른 영화 보자."

사람들은 남옥의 영화를 보지도 않고 여성 감독이 만든 작품이라며 무시했다. 영화를 본 관객들의 좋은 평가도 뭇사람들의 선입견을 깨트리지 못했다. 신문의 영화평과는 달리 세상의 편견은 거세고도 질겼다. 결국 흥행에 실패한 〈미망인〉은 나흘 만에 막을 내렸다.

"감독님, 분합니다. 여성 감독의 작품이라는 이유로 제대로 평가를 받지 못하다니요."

"이대로 순순히 물러설 순 없어요. 조금만 더 홍보해 보자고요."

"네, 우리가 쏟은 열정을 생각해 보세요. 나흘 만에 접는 건 너무해요."

영화 촬영에 함께한 사람들이 울분을 터뜨렸다.

남옥은 한동안 가만히 듣기만 했다. 잠시 후, 사람들의 흥분이 가라앉자 남옥은 그들을 다독이듯 한 명 한 명 바라보면서 말했다.

"아닙니다. 나는 그토록 꿈꾸던 영화를 만들었어요. 〈미망인〉을 통해 여성의 현실을 밝혔어요. 그러니 실망하지 말고 결과를 받아들입시다. 꿈에 실패란 없으니까요."

남옥의 목소리는 담담했다.

영화가 사람들에게 인기를 얻었으면 더 좋았겠지만, 그렇지 않았더라도 남옥에게 변한 것은 아무것도 없었다. 남옥은 여전히 영화를 사랑했다. 그 사실은 앞으로도 변하지 않을 것 같았다.

남옥은 묵직한 극장 문을 열고 나왔다. 싸늘한 바람이 휙 몰아쳤다. 흠칫 놀라 옷깃을 여미던 남옥은 문득 건너편 골목으로 눈길을 던졌다. 목련이 하얀 꽃망울을 터트리고 있었다. 겨우내 솜털을 덮은 채 꽃눈 속에 품었던 봄을 환히 피우고 있었다. 또다시 바람 한 줄기가 스쳐 지나갔다. 아까보다 한결 따뜻한 바람이었다. 남옥은 웃으며 중얼거렸다.

"그래, 내일은 또 다른 바람이 불 거야. 향긋한 꽃바람이 불 거야."

🔍 | #육이오_전쟁 #한국_전쟁

1945년 8월 15일, 우리나라는 해방을 맞았어요. 하지만 일본이 제2차 세계 대전에서 항복하며 이루어진 광복이었기 때문에 세계 대전 연합국은 일제의 식민지였던 우리나라에서 일본군의 무장 해제와 항복을 확인하려고 했어요. 우리나라는 북위 38도를 기준으로 나누어져(삼팔선) 한반도 위쪽은 소련군이, 아래쪽은 미군이 영향력을 행사하게 되었지요.

우리나라가 삼팔선으로 갈라진 이후, 위와 아래에서 각각 북한과 대한민국 정부가 만들어졌어요. 그러던 1950년 6월 25일 일요일 새벽, 6·25 전쟁이 일어났어요. 한반도의 공산주의화를 원했던 북한이 선전포고 없이 대한민국에 기습적으로 쳐들어왔지요. 북한군이 계속해서 밀고 내려오자 사람들은 점점 더 남쪽으로 피란을 갔어요. 대통령과 정부도 부산으로 향했지요. 북한과 중국 등 공산주의 국가와 대한민국과 미국 등 유엔군의 전쟁이 이어졌어요.

1950년 7월 4일, 한형모 영화감독과 영화인들을 중심으로 국방부 촬영대가 만들어졌어요. 그리고 8월에 대구에서 정식으로 활동을 시작했지요. 국방부 촬영대는 뉴스를 촬영하고 영화를 만들며 전쟁 상황을 알리고 역사를 기록했어요. 국방부 촬영대의 영상은 대한민국 군인, 대한민국 편에 서서 함께 싸우는 나라 그리고 우리나라 국민이 힘을 내도록 홍보하는 활동에도 쓰였지요.

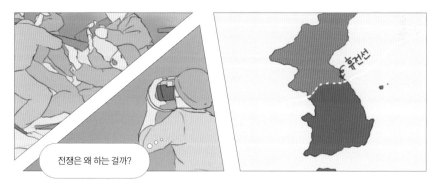

전쟁은 왜 하는 걸까?

전쟁 때문에 많은 군인이 다치거나 세상을 떠났어요. 가족을 전쟁터로 보냈거나 북한군에 빼앗긴 사람들, 난리 통에 가족을 잃어버린 사람들도 고통스러웠지요. 또 집과 일터, 물건, 먹을 것도 없어 많은 사람들이 궁핍하게 살아야 했어요. 전쟁이 끝나지 않자 1953년 7월 27일, 정전 협정이 이루어졌어요. 하지만 공식적으로는 전쟁이 일시적으로 중지된 것이지 완전히 끝난 상태는 아니지요. 이산가족 문제를 비롯한 6·25 전쟁의 상처는 여전히 남아 있어요.

여학교 시절 박남옥은 육상부에서 높이뛰기, 투포환 선수로 활동했어요. 전국 대회에서 투포환으로 세 번이나 신기록을 세웠지만 집안의 반대로 운동을 그만두었지요. 육상부에서 나온 박남옥은 어려서부터 좋아했던 미술을 공부하고 싶었어요. 하지만 학교에서 미술대학 진학을 반대하고 추천서도 써 주지 않아서 이화여자전문학교 가사과에 입학했어요.

적성에 맞지 않는 공부를 해야 했던 이화여자전문학교 시절, 박남옥은 영화에 푹 빠져 지냈어요. 그때 봤던 여성 영화감독 레니 리펜슈탈의 〈올림피아〉가 훗날 큰 영향을 주었지요. 영화를 보며 예술을 향한 동경을 키운 박남옥은 다시 미술을 배우고 싶다는 마음에 일본으로 가는 밀항선에 올랐어요. 하지만 배가 좌초되는 바람에 결국 유학에 실패하고 돌아왔지요.

《대구매일신문》 기자가 되어 영화평을 쓰던 박남옥은 해방 이후 조선영화사 광희동 촬영소에서 영화 일을 배우고 경력을 쌓았어요. 하지만 영화계에서 여성으로 활동하는 것의 한계를 느끼고 그만두었지요. 그러던 중 6·25 전쟁이 터지자 박남옥은 국방부 촬영대에 합류해 전쟁 뉴스를 촬영하며 다시 영화 일을 시작했어요. 그곳에서 만난 극작가 이보라와 전쟁이 끝난 후 결혼했지요.

서울에서 생활하던 박남옥은 딸을 낳은 후 얼마 뒤에 영화계 동료들과 만났어요. 이야기를 나누다 전쟁미망인 영화를 만들기로 계획했지요. 시나리오는 이보라가 쓰고, 박남옥은 감독을 맡기로 했어요. 언니에게 제작 비용을 지원받아 '자매영화사'라는 영화사를 만들고 영화를 찍게 되었지요. 박남옥은 배우를 섭외하고, 촬영 장소를 알아보고, 장비도 관리했어요.

영화 촬영 현장에서 박남옥은 감독 이상의 역할을 해냈어요. 열다섯 명이나 되는 배우와 스태프의 끼니를 챙기느라 장을 보고 요리를 했고, 아이를 돌봐 줄 사람이 없어서 등에 업고 다니며 메가폰을 잡았지요. 어렵게 영화 촬영을 마쳤지만 여성 감독의 작품이라는 이유로 후반 작업을 할 녹음실을 구하는 것도 힘들었어요. 박남옥의 첫 영화는 우여곡절 끝에 개봉했지요.

〈미망인〉은 기존의 남성 감독들과는 다른 관점에서 여성의 마음을 섬세하고 사실적으로 표현해 의미가 있었어요. 하지만 여성 감독의 영화라며 차별을 받으면서 흥행에 실패했어요. 이후 박남옥은 영화 잡지 《씨네마 팬》을 내기도 했지만 결국 두 번째 영화는 만들지 못했어요. 〈미망인〉은 1997년 제1회 서울여성영화제에서 상영되면서 재평가를 받게 되었지요.

박남옥의 뒤를 이었던 여성 영화감독은 홍은원이에요. 교육자 출신이었던 어머니의 영향을 받고 자랐지요. 경기고등여학교 시절, 학생은 영화를 볼 수 없나는 교직이 있었지만 영화에 관심이 많았던 홍은원은 극장에 가서 다양한 장르의 영화를 관람하고는 했어요. 특히 좋아했던 프랑스 영화는 이후 홍은원을 영화계로 이끌었어요.

직장 생활을 하던 1940년, 회사 내 합창단원이 된 홍은원은 일 년 후에 신경음악단의 유명 솔로 가수가 되었어요. 이후 조선영화사 음악감독이었던 김준영을 통해 최인규 영화감독을 알게 되었지요. 그 인연으로 최인규 감독의 작품 〈죄 없는 죄인〉의 스크립터가 되어 영화계에 들어갔어요. 하지만 영화 촬영 현장의 여러 불합리한 모습을 본 홍은원은 영화 일을 그만두었지요.

영화계를 떠난 홍은원은 결혼 후 가정생활을 하며 몇 년 동안 공백기를 가졌어요. 그러던 1953년, 한형모 영화감독의 제안으로 영화 일을 다시 시작했어요. 이후 1백여 편의 영화에서 스크립터, 조감독으로 활동하며 경력을 쌓았지요. 〈백치 아다다〉, 〈사랑〉 등의 주제가를 작사하고 〈유정무정〉의 시나리오를 쓰는 등 영화계 여러 영역에서 능력을 인정받았어요.

1962년 4월, 장환 촬영 기사가 시나리오를 들고 홍은원을 찾아왔어요. 우리나라 최초의 여성 판사 황윤석의 죽음을 다룬 이야기였어요. 하지만 흥밋거리에만 중점을 둔 시나리오였지요. 홍은원은 주인공의 심리적 갈등이 잘 드러나도록 시나리오를 수정하고 영화를 촬영했어요. 1962년 개봉한 홍은원의 첫 영화 〈여판사〉는 큰 호평을 받았어요.

　　이후 홍은원은 1964년 〈홀어머니〉, 1965년 〈오해가 남긴 것〉 등을 연달아 발표하며 영화계를 누볐어요. 하지만 영화계가 침체기를 겪으며 여성 영화감독의 활동은 더욱 어려워졌어요. 그래도 영화를 사랑했던 홍은원은 홍진아, 홍설아 등의 필명으로 계속해서 영화 시나리오를 썼어요. 홍은원은 영화와 시나리오에서 여성의 현실을 섬세하게 묘사하며 문제의식을 드러냈지요.

　　2015년, 음향과 필름의 일부가 없는 〈여판사〉가 발견되었어요. 박남옥의 〈미망인〉 또한 뒷부분이 사라진 채 발견되어 원본이 완전하지 않았지요. 여성이 영화계에 들어가는 것도, 활동하는 것도, 작품을 보존하는 것도 쉽지 않았던 시절, 자신의 꿈을 이루기 위해 노력했던 우리나라 초기 여성 영화 감독은 당대의 스디 배우들 이상으로 빛나는 사람들이었어요.

#영화_제작_과정

영화를 만드는 과정은 사전 준비, 촬영, 후반 작업 단계로 나뉘어요.

사전 준비 단계에서 감독은 만들고 싶은 영화의 주제, 기획 의도, 등장인물, 제목, 줄거리 등을 정리한 시놉시스를 만들어요. 이 시놉시스를 바탕으로 감독 또는 작가가 영화의 대본인 시나리오(스크립트)를 쓰지요. 그리고 배경, 카메라의 동선이나 구도 등 촬영에 필요한 사항을 자세하게 기록한 콘티도 만들어요. 더불어 촬영에 필요한 예산을 마련하고, 스태프와 배우와 장소를 섭외해요.

촬영 단계에서는 감독의 지시에 맞춰 배우들은 연기를 하고, 스태프들은 촬영을 진행해요. 이야기의 순서대로 촬영하는 게 가장 좋지만, 시간과 돈을 아

끼기 위해서 야외 촬영, 실내 촬영, 세트장 촬영 등 배경별로 몰아서 찍는 경우가 많아요. 이때 스크립터가 스크립트대로 잘 촬영되는지 진행 상황을 확인하고 촬영 데이터를 기록해서 편집할 때 자료로 사용하지요.

촬영이 끝나면 영상을 자르고 이어 붙이며 편집하고, 후시 녹음을 통해 장면에 맞게 대사와 음악과 효과음을 입히고, 자막을 넣는 후반 작업을 해요. 기술이 발달할수록 촬영 장비뿐만 아니라 편집 기기의 성능이 좋아지고 있기 때문에 후반 작업의 중요성도 커지고 있어요. 후반 작업까지 모두 끝나면 드디어 우리가 보는 영화가 완성되지요.

우리나라 최초의 여성 영화감독

박남옥

초판 1쇄 찍은날 2024년 11월 18일
초판 1쇄 펴낸날 2024년 11월 25일

글 박지숙 | 그림 에이리
펴낸이 서경석
책임편집 김진영 | **편집** 이봄이 | **디자인** 권서영
마케팅 서기원 | **제작·관리** 서지혜, 이문영
펴낸곳 청어람 엠앤비 | **출판등록** 2009년 4월 8일(제313-2009-68호)
본사 주소 경기도 부천시 부일로483번길 40 (14640)
주니어팀 주소 서울특별시 구로구 디지털로 272 한신IT타워 404호 (08389)
전화 02)6956-0531 | **팩스** 02)6956-0532
전자우편 juniorbook0@gmail.com
블로그 blog.naver.com/juniorbook
인스타그램 @chungeoram_junior

ISBN 979-11-94180-03-6 74810
      979-11-86419-86-1(세트)